KE
BO

ショコラティエのとろける誘惑

スイーツ王子の甘すぎる囁き

西條六花

ILLUSTRATION
whimhalooo

蜜夢
MITSU
YUME

CONTENTS

MITSU YUME

イラスト／whimhalooo

ショコラティエのとろける誘惑

スイーツ王子の甘すぎる囁き

第一章

九月に入ってからの北海道は朝晩がぐんと冷え込むようになってきたが、よく晴れた今日は小春日和といっていい陽気となっている。

街を行き交う人々の服装は長袖も多く、だいぶ秋めいたものになってきていた。

大石一乃《おおいしいちの》は人混みに圧倒されつつ、重いキャリーバッグを引いて地下街を歩く。

(やっぱりこの人の多さ、すごいな……。わたし、ちゃんとここで生活していけるのかな)

今まで暮らしてきたのは、道南にある田舎町の小さな集落だった。

札幌《さっぽろ》には中学のときの修学旅行で来たことがあるものの、そのときも人の多さに目を回した。しかしもう、そんなことは言っていられない。一乃は今日から姉と一緒に暮らすべく、高速バスを使ってトータル七時間かけて札幌駅まで出て来ていた。

地下街まで下りたのは、姉のアパートの最寄り駅まで地下鉄に乗るのはもちろんだが、手土産を買おうと思ったからだ。昔から甘党である姉に気の利いたスイーツを買うため、一乃は百貨店へと足を向けた。

(何がいいかな。やっぱりケーキ？　お姉ちゃんが好きな、チョコレートのものとかがい

いかも）

　とはいえ大きなキャリーバッグを引きながらの移動は、骨が折れる。周囲の人の邪魔にならないよう気をつけて歩いていた一乃だったが、ふいに人に押されてよろめいた。

「あっ」

　横を歩く人にドンとぶつかってしまい、一乃は慌てて謝る。

「ご、ごめんなさい」

「いえ」

　男性が答えて通り過ぎようとした瞬間、一乃の横髪が強く引かれた。

　驚いた一乃は咄嗟《とっさ》に髪を押さえ、毛先に視線を向ける。すると彼のシャツのボタンに、自分の髪の毛が絡まっているのがわかった。

「すみません、すぐ取りますから……っ」

　狼狽《ろうばい》し、強く髪を引っ張るものの、毛先は解けない。焦りをおぼえる一乃に対し、男性が言った。

「落ち着いて。あまり引っ張ると、きれいな髪が傷む」

　諭すように言われ、一乃は動きを止める。

　彼はスラリとした長身で、一乃との差はゆうに二十センチはあった。年齢は三十歳前後に見え、とても端整な顔立ちをしている。すっと通った鼻梁《びりょう》、切れ長の目元、形のいい薄い唇が絶妙な位置で並んでいて、長めの前髪が目元に掛かっている様子は王子さながらだ。その容貌を見た一乃は、思わずドキリとした。

（すごい。まるで芸能人みたいに、きれいな顔……）

しかも男性の手は指が長く繊細で、それが自分の髪に触れている現状に心臓の鼓動が速まる。しばらく髪を解こうとしていた彼は、やがて苦笑いしてつぶやいた。

「参ったな。髪が細いせいか、なかなか取れない」

「ごめんなさい、引きちぎってくれていいですから」

「そんなわけにはいかないよ」

（どうしよう……こんな）

男性との身体の距離が近く、細身だが自分より大きな身体を間近に感じ、一乃は顔がじわじわと赤くなっていくのを止められない。

何しろこの二十三年間、内気な性格が災いして、異性とつきあった経験がないのだ。そのときふいに背後から、女性の声が響いた。

「奏佑《そうすけ》――やっぱり浮気してたんだ。許せない」

「えっ、菜摘《なつみ》ちゃん？」

驚いて振り返ると、そこには二十代半ばの女性が立っている。

流行りの服装に身を包んだ彼女は、一乃と男性を食い入るような眼差しで見ていた。

「さっき百貨店の売り場で奏佑を見かけた気がして、あとを追いかけてきたの。そうしたら、こんなところで女とイチャイチャしてるなんて」

菜摘と呼ばれた女性はどこか思い詰めた表情で、言葉を続ける。

「何でよ……私といるときは甘い言葉ばっかり言うくせに、他の女といちゃつくなんて。奏佑が会ってる相手、一人や二人じゃないよね？」

「待って、これはそんなんじゃないから。通りすがりのこの子の髪が、俺の服のボタンに絡まっちゃって、それで」

慌てて言い訳する彼に対し、菜摘が鼻で笑う。

「でも今、笑いながら話してたのを見たし。どうせこの辺で待ち合わせしてたんでしょ？ねえ、どうして私一人だけにしてくれないの。確かにつきあう前に『一般的な彼氏彼女の関係を求められても困る』とは言ってたけど、いつかはちゃんと向き合ってくれると思ってた。……私は本気で好きだったのに」

彼女は突然バッグの中を漁り、中から革のケースに入った美容師用の鋏《シザー》を取り出す。銀色に光るそれを手にした菜摘が、顔を歪《ゆが》めながら言った。

「髪が絡まって取れないっていうなら、私が切ってあげる。美容師なんだから、適任でしょ。――ほら」

「菜摘ちゃん、待っ……！」

銀色の鋏を持った手がいきなり目の前に突き出され、一乃はヒヤリとした殺気を感じて息をのむ。

次の瞬間、シャキッという音がして、一乃の髪の一房が十センチほど切られていた。それと同時に、咄嗟にこちらを庇《かば》おうとした男性の手の甲が浅く切り裂かれ、じわりと血がにじむ。

「痛っ……」

彼が顔を歪めながら小さく声を漏らし、一乃は思わず声を上げる。

「だ、大丈夫ですか⁉」

あまりのことに、すっかり気が動転していた。ポケットからハンカチを取り出し、男性の手を強く押さえる。すると彼が菜摘を見つめ、厳しい顔で言った。

「何やってるの、菜摘ちゃん。同意も得ずにいきなり人の髪を切るなんて、犯罪だよ。君のその鋏は、仕事に使う大事なものだろ」

「あ……」

彼女が我に返った顔で、みるみる青ざめていく。

菜摘の手から鋏が落ち、床でカシャンと硬質な音を立てた。異様な雰囲気に気づいた周囲の数人が、ぎょっとした顔でこちらを見る。

若いカップルの女性が「ねえ、あれ」とこちらを指差しながら彼氏に対して話しているのが聞こえ、「騒ぎになってしまう」と考えた一乃は急いで鋏を拾い上げた。そして周りの目から隠すようにしつつ、菜摘にそれを押しつけてささやく。

「これ、しまってください」

「えっ」

「見つかったら、大騒ぎになっちゃいますから。早く」

しかし既に遅く、誰かが呼んだらしい警備員がこちらに向かって歩いてきていた。六十代くらいの男性警備員は、一乃の目の前の男性に向かって問いかける。

「何かありましたか？　こちらの女性が刃物らしきものを持っていると、通行人の方が知らせてくださったのですが」

すると菜摘が鋏を胸に抱えたまましゃがみ込み、ワッと泣き出した。彼女に奏佑と呼ばれた男性が苦い表情になり、答える。

「ちょっと揉《も》めごとがありまして。あの、説明しますから、どこか別室で話せませんか？ここは人目もあるので」

「わかりました。では、こちらへ」

奏佑が菜摘の手からやんわりと鋏を取り上げ、事務室へと促す。

そして事務室で事情を聞かれることになったが、泣き続ける菜摘が気の毒になった一乃は、必死に警備員に対して説明した。

「わたしの髪がこちらの男性のボタンに絡んで、この女性はそれを鋏で切ってくれただけなんです。そのときに彼の手の甲を傷つけてしまって、動転して鋏を落として、それで」

しかしそれでは泣いている説明がつかず、話を聞いていた警備員と地下街の運営会社の人間が顔を見合わせる。そのとき奏佑が言った。

「彼女はこう言ってくれていますが、実際は僕とこちらの女性の揉めごとが原因です。ただ僕の手が傷ついたのは偶発的な事故で、傷も浅いため、事を荒立てようとは思っていません。しかし他人の髪を無断で切るのは、傷害罪になりますよね」

「そうですね。では、これから警察を呼んで――」

警備員が電話の受話器を取ろうとし、一乃は急いで声を上げた。

「あの……っ、わたしも事を荒立てようとは思っていません。切られた髪はいつか伸びますし、こちらの女性もすごく反省しているように見えます。ですから警察は呼ばず、ここだけの話で収めていただけませんか？　お願いします」

一乃の言葉を受け、警備員と運営側の人間がヒソヒソと話をしている。しばらく話し合っていた彼らは、やがてこちらを見て口を開いた。

「まあ、当事者同士で納得しているなら、こちらも無理に警察を呼ぼうとは思っていません。ですが公共の場で鋏《はさみ》を振り回すのは、本来なら逮捕されてもおかしくないことです。同意なく髪を切るのも、もちろんそうですね。大いに反省していただかないと困りますよ」

「はい。お騒がせしました」

奏佑が折り目正しく頭を下げ、菜摘も泣き腫らした顔で「申し訳ありませんでした」と謝罪する。

三人で事務室を出ると、彼が菜摘に向かって言った。

「わかってると思うけど、今回警察を呼ばずに済んだのは、ひとえにこの子が菜摘ちゃんを庇ってくれたからだよ。髪を切ってしまったことを、ちゃんと謝って」

奏佑の言葉を受け、ぐっと顔を歪めた彼女が一乃を見る。

「……ごめんなさい。いきなり鋏を振り回して髪を切るなんて、とんでもないことをしてしまったと反省しています。私、あなたと彼が特別な関係だと誤解して……あんな真似を」

「あの、いいんです。さっきも言いましたけど、髪はいずれ伸びますから」

とはいえ、ショックだったことは否めない。

癖のないサラサラの髪は、一乃の密かな自慢だった。突然鋭利な鋏を目の前に突き出されたときは心底肝が冷えたが、ひどく泣きじゃくっている様子を見ると、怒るのが忍びなくなってしまった。すると奏佑が言った。

「今回の件は、俺に責任がある。菜摘ちゃんをこんなにも思い詰めさせてしまったのは、俺の行動が原因だと思うから。……本当に悪かった」

「………」

「手の甲の怪我に関しては自業自得な部分もあるし、君に責任を求めないつもりでいる。でもこういうことがあった以上、今後はもう二人で会ったりはできない。……それは納得してくれる？」

菜摘がしばらく押し黙り、やがて苦渋に満ちた顔で頷《うなず》く。彼女はポツリと言った。

「ごめんなさい。奏佑は……手を使う仕事なのに」

「甲の部分だから、そんなに影響はないよ。今までごめん、ありがとう」

彼女が去っていき、それを見送った奏佑がホッと息をつく。彼はこちらに向き直り、改めて言った。

「こちらの揉めごとに巻き込んでしまって、本当に申し訳ありませんでした。しかも彼女を庇ってくれて、何とお礼を言っていいか」

「いえ。……すごく反省してたみたいなので」

　奏佑が「でも」と言って、一乃の髪に触れた。

「きれいな髪を切られてしまったことは、本当にお詫《わ》びのしようがない。怖かっただろうに、そういう気持ちを抑えて、あえて穏便に済ませてくれたんだよね？　俺のほうで、美容室で髪を揃《そろ》えるためのお金を払うから」

「そ、そんな、気になさらないでください。とりあえず髪は、結んでしまえば何とかなりますし。ほら」

　取り出したゴムで髪をまとめてみせると、彼が困ったように笑い、言葉を続けた。

「もしこのあと時間があるなら、俺の店に来てもらえないかな。お詫びにご馳走《ちそう》したいんだ」

　突然そんなことを言われ、一乃は「ご馳走？」と問い返す。すると奏佑がポケットから名刺入れを取り出し、一枚差し出した。

　そこには〝Boite a bijoux secret《ボワット ア ビジュー セクレ》　オーナーパティシエ　青柳《あおやぎ》奏佑〟と書かれており、店の住所も記載されている。

　彼が微笑んで答えた。

「うん。――俺はショコラティエなんだ」

タクシーに乗せられて走ること十数分、円山のメインストリートから一本入った通りで、奏佑が運転手に「ここでいいです」と告げる。店の前に降り立った一乃は、目を瞠《みは》った。

（わ、すごい……）

ビルの一階にある店舗は、白い壁と木の窓枠、それに黒い庇《ひさし》と観葉植物が都会的な印象だった。

奏佑が「どうぞ」と言って優雅なしぐさでドアを開け、一乃はキャリーバッグを引きながら恐る恐る足を踏み入れる。中はコンクリートの壁と床がクールさを醸し出し、カウンターに使われたホワイトオークの色味がスタイリッシュだ。

ガラス製のショーケースには色とりどりのボンボンショコラやスイーツが並べられていて、照明の効果でキラキラと輝いている。店舗の半分はカフェスペースで、若い女性客でにぎわっていた。奏佑が言った。

「この店は〝ショコラとフルーツのマリアージュ〟をコンセプトにしていて、カフェスペースでは季節のデセールを提供してる。君にもご馳走するから、奥にどうぞ」

店の奥のテーブルに一乃を誘導するあいだ、客の女性たちが彼の姿に目を奪われているのがわかった。中には「青柳さんだ」とヒソヒソ話しているグループもあって、オーナーである彼はもしかしたら有名な人なのかもしれない。

一乃が席についたタイミングで、奏佑がメニューブックを開いて問いかけてきた。

「飲み物は何がいい？　冷たいのもあったかいのも、いろいろあるよ。好きなのを選んで」

「あ、えっと」

メニューには見たこともないようなおしゃれなドリンクが写真付きで並び、一乃は目を白黒させる。

どれも美味しそうだったが、目玉が飛び出るような値段で、結局シンプルなアイスティーを選んだ。彼が頷いてメニューブックを閉じた。

「いつもは単品か盛り合わせ《アシェットデセール》を選べるけど、今日はオーナーパティシエのスペシャリテを出すよ。少し待ってて」

ニッコリ笑い、厨房《ちゅうぼう》に去っていきかけた奏佑が、ふとこちらを見た。

「ところで、ショコラは嫌いじゃないよね？　甘いものが極端に苦手とか」

「だ、大好きです」

それを聞いた彼が「よかった」と微笑み、一乃はどぎまぎしてしまう。今度こそ奏佑が去っていき、席に残った一乃は小さく息を吐いた。

（わたし、何やってるんだろ。いきなり痴話喧嘩《ちわげんか》に巻き込まれて、そうかと思ったらこんなすごいお店に連れてこられて……）

店内を見回してみると、客はいかにも今風な服装の若い女性ばかりで、自分が田舎者だという自覚がある一乃は気後れしてしまう。

先ほど見たメニューはどれも値段が高く、ご馳走になるのは申し訳ない気がした。そのときバッグの中でスマートフォンが鳴り、取り出して確認したところ、ディスプレイには姉の由紀乃《ゆきの》の名前がある。一乃は急いで電話に出た。

「もしもし、お姉ちゃん？」

『一乃、あんた、いつになったらこっちに着くのよ。もしかしてどっかで道に迷ってんの？』

どこかつっけんどんな口調の宮原《みやはら》由紀乃は、一乃より三歳年上の二十六歳だ。

苗字が違うのは十一年前に両親が離婚したせいで、当時十五歳だった彼女は「都会のほうが、進学する高校の選択肢が多いだろう」という判断のもと、札幌に生活拠点を移す父親に引き取られた。

一方の一乃は母親に引き取られ、道南の田舎町で暮らしていたが、由紀乃が年に二回帰省することで姉妹の絆《きずな》を保ってきた。街中のアパレルショップで働いている彼女は、今日は一乃が来るため、早番で帰ってきて到着を待っていたらしい。

一乃は周囲を気にして声をひそめ、由紀乃に説明した。

「あの、今は円山にいるの。実はちょっと事件に巻き込まれちゃって」

『事件？』

　地下街を歩いているときに通りすがりの男性の服に髪が絡まってしまったこと、それをたまたま目撃した恋人らしき女性に誤解され、髪を切られてしまったことなどをかいつまんで説明すると、彼女は「はあ？」と声を上げた。

『いきなり髪を切るなんて犯罪じゃん。警察に突き出してやればいいいんだよ、そんな奴』

「でも誤解だったし、相手の女の人はすごく反省してて」

『どんだけお人好しなの、あんた。もういい、私がそっちに行って、代わりに話をつけてあげるから。今どこにいるの？』

「ううん、もう話し合いは終わってるの。今はその、原因になった男の人のお店にいて……」

『店？』

　そのとき白いシェフコートに着替えた奏佑が皿を手にこちらにやって来るのが見え、一乃は急いで言う。

「ごめんね、あとでまた電話するから。一回切るね」

『えっ、ちょっ、一乃……！』

　スマートフォンを切った途端、テーブルまで来た彼が眉を上げる。

「あ、電話中だった？」

「いえ。ちょうど終わったところでした」

「そっか」

白いシェフコート、腰に黒いサロンを巻いた奏佑はいかにもパティシエという雰囲気で、スラリとした肢体が際立っており、一乃はドキドキしてしまう。

彼がテーブルに大きな皿を置き、それを見た一乃は驚きに目を丸くした。

「わ、すごい……」

何種類ものスイーツが乗っている皿は、何よりも盛りつけが美しい。

ドリンクを運んできた女性スタッフに奏佑が何か耳打ちし、頷いた彼女が席の横に衝立を立ててくれた。他の客の視線が遮られ、彼が一乃の向かいの席に座る。そして皿を見ながら説明した。

「ひとつずつ説明するよ。まずこの真ん中のは、生姜《しょうが》風味のショコラレイヤーケーキ。濃厚なショコラ生地にジンジャーパウダーを混ぜ込んで焼いて、オレンジジュースで作ったシロップを塗ったあと、ビターなガナッシュクリームと生姜とオレンジのコンフィを刻んだものを挟んである。それに泡立てた生クリームと無花果、バナナ、ブラックベリー、キャラメリゼしたヘーゼルナッツを添えて、秋っぽいカラーでまとめた」

続いて奏佑は、その隣のガラスの器に入ったものを指す。

「こっちはピスターシュのブラマンジェの上に、柑橘《かんきつ》類のコンポートとムース・オ・ショコラを重ねて、アーモンドのチュイルと二色の葡萄《ぶどう》を飾ったヴェリーヌ。それからアールグレイの茶葉を使った紅茶のアイスクリーム、スティックチーズパイ、ボンボンショコラが数種類と、オランジェット」

「美味しそう……」

秋色でまとめられた皿は艶やかで洗練されており、それを前にした一乃はただただ感心してしまった。彼が笑って言う。

「どうぞ、食べて」

「……いただきます」

一乃はまず、ショコラレイヤーケーキにフォークを入れる。

生クリームを付けずにケーキだけ食べてみると、濃厚なカカオの風味とほろ苦さ、それに仄《ほの》かな生姜の香りが口の中に広がった。生クリームと一緒だと柔らかなコクが加わり、果物の酸味が絶妙なアクセントになる。

「美味しいです……！　チョコレートの味が濃くて、どの果物とも合ってて」

「中に挟んでいるガナッシュは、かなりビターなものなんだ。果物の味を引き立たせるように、甘さを控えめにしてる」

ヴェリーヌも、ブラマンジェの優しい甘さと柑橘類のコンポートの酸味、まったりとした舌触りのショコラムースが絶妙な配分で、後味がさっぱりしている。

紅茶の香り高いアイスクリームやサクサクと軽いチーズのパイ、オレンジピールにチョコレートを掛けたオランジェットが口直しにちょうどよく、どれもうっとりするほどの美味しさだった。一乃はため息をついて言った。

「こんなに素敵なデザート、わたし、初めて食べました。わたしが今までいたところは本当に田舎で、コンビニも近くにないくらいでしたから、スイーツを食べる機会が少なかったんです。都会にはこんなにきれいでキラキラしてて、しかも美味しいものがあるんですね。お皿がまるで宝石箱みたいです」

それを聞いた奏佑が、面映ゆそうな顔で言う。

「お褒めの言葉をありがとう。〝宝石箱〟っていう形容は、うれしいな。うちの店の名前にもなってるから」

「そうなんですか？」

「うん。Boite a bijoux《ボワットアビジュー》 secret《セクレ》って、フランス語で〝秘密の宝石箱〟っていう意味なんだ」

先ほど見たガラスのショーケースの中身と目の前のアシェットデセールの皿は、まさに色とりどりの宝石を集めたかのようで、一乃はぴったりだなと思う。

彼が「ところで」と言って、白い封筒を差し出してきた。

「この中に、美容室で髪を整える代金と、ここからタクシーで帰るための交通費が入ってる。受け取ってほしい」

「えっ、とんでもないです。素晴らしいスイーツをご馳走になりましたし、もう充分ですから」

慌てて固辞する一乃に対し、奏佑が断固とした口調で言う。

「受け取ってもらわなきゃ困るよ、迷惑をかけてしまったけじめなんだから。それに店《ここ》に連れてきたのは、せめてものお詫びの気持ちなんだ。美味しそうに食べてくれて、キラキ

ラした目で感想を言ってもらったから、かえって俺のほうが得したくらいだけど」

テーブルの上の封筒をずいっと目の前に押され、一乃は渋々「では、ありがたく受け取らせていただきます」と答える。彼がホッとした様子で言葉を続けた。

「さっき『今までいたところは田舎だった』って言ってたけど、こっちには旅行か何かで来てるの?」

彼の視線がキャリーバッグに向けられていて、一乃は首を横に振る。

「いえ。わたしは道南の田舎町で生まれ育ったんですけど、一緒に暮らしていた祖母が一ヵ月前に亡くなってしまって。住んでいた家を処分することになって、他に住むところを探そうとしていたら、姉が『札幌に来て、一緒に住もう』って誘ってくれたんです。今日高速バスで出てきて、姉のアパートに行く前に手土産を買おうと地下街を歩いていたら……あんなことに」

「なるほど。じゃあ、今日からお姉さんと暮らすってことなのか。仕事は?」

「これから探します。ハローワークに行ってみようと思ってて」

姉の住まいはどこなのか聞かれ、一乃は「西十八丁目です」と答える。奏佑が笑って言った。

「何だ、ここからすぐ近くなんだな。だったら提案なんだけど、君の髪が元通りに伸びるまで、店《うち》のショコラを食べ放題っていうのはどうだろう」

「えっ?」

「何度も言うけど、こちらのいざこざに巻き込んできれいな髪を切ってしまったことを、心から申し訳なく思ってるんだ。被害届を出さずにいてくれたことにも、本当に感謝してる。だからせっかく知り合えて住まいも近くなら、遠慮せずに店に遊びに来てほしい。好きなものをご馳走するよ」

　突然の提案に一乃は驚き、しどろもどろになって言った。

「あの……今ので充分です。これ以上いただくと、罰が当たってしまいます」

「全然、足りないくらいだよ。そこまできれいに伸ばしてた髪をいきなり切られてしまったの、本当はかなりショックだったろう？　それにさっき君が俺の作ったデセールを食べてくれたとき、ひとつひとつに驚いて目を輝かせたり、心から『美味しい』っていう顔をしてくれて、うれしかったんだ。あの顔を見せてくれるなら、毎日だって来てくれて構わない」

　思いがけず熱心にそんなことを言われ、一乃は何と答えていいか迷う。しかしここで押し問答をしても仕方がないと思い、曖昧に頷いた。

「ありがとうございます。じゃあ……機会があれば」

「だったら連絡先を交換しない？　俺は店にいないときもあるし、せっかく来たのに空振りだと申し訳ないから」

　ニコニコして「ね？」と言われると断りきれず、一乃は奏佑とアドレスの交換をする。するると彼が、スマートフォンのディスプレイを見てしみじみとつぶやいた。

「大石一乃さんか。可愛い名前だね」

「そ、そうですか？」

「一乃ちゃんって呼んでいい？」

問いかける口調ながらも、奏佑はもう呼び方を決めてしまったようで、一乃はどう反応していいか迷う。

そうするうちに彼は店の前までタクシーを呼び、しかも「これはお姉さんに」と言って、店の紙袋に入ったショコラの詰め合わせを持たせてくれた。そして外まで見送りに出て、すっかり恐縮する一乃に向かって微笑む。

「じゃあ、一乃ちゃん、また」

「はい。……失礼します」

後部座席のドアが閉まり、タクシーが緩やかに走り出す。

奏佑が住所を見て「すぐ近くだ」と言っていたとおり、五分ほど走ると姉のアパートに着いて、とても驚いた。トランクから重いキャリーバッグを降ろしてもらい、二階まで苦労して外階段を上がった一乃は、二〇二号室のチャイムを鳴らす。

やがて玄関のドアを開けた姉の由紀乃が、剣呑《けんのん》な表情で言った。

「あんた、今何時だと思ってんのよ。到着予定より二時間も遅れるってどういうこと？　しかも途中で電話は切るし」

「ご、ごめんなさい」

彼女と一乃は、あまり似ていない。

童顔で垢抜《あかぬ》けない一乃に比べ、由紀乃はスラリと背が高くめりはりのある体型をしていて、はっきりした顔立ちの都会的な美人だ。性格は少しせっかちで、何事も白黒つけたがり、その物言いはときに辛辣に聞こえる。しかし面倒見がよく、一乃は昔から彼女のことが大好きだった。

玄関から中に入ると、間取りは十畳の居間と八畳の寝室で、建物自体は古いもののリフォームされていて清潔感がある。荷物を運び込んだあと、居間で息をついた一乃に対し、姉が「で？」と促してきた。

「さっきの話の続きはどうなったの？　あんた、元凶になった男の店に行ったって言ってたけど、一体何やってる人なわけ」

「えっと」

一乃は、彼――青柳奏佑がショコラ専門店を経営している人物であったこと、事件に巻き込んだお詫びにスイーツをご馳走してもらったこと、美容室代と交通費までもらったことを話す。

「あ、これがその人の名刺なんだけど」

取り出した名刺を由紀乃に手渡すと、彼女は目を丸くして言った。

「ここ、二年くらい前にできた超人気店じゃん。カフェスペースで出してるスイーツがすごくて、売ってるチョコもおしゃれで美味しいって、前に雑誌に載ってた。テレビにも出たことがあるはず」

「そうなの？　青柳さん、『お姉さんに』ってショコラの詰め合わせをくれたんだけど」

一乃が「これ」と紙袋を差し出すと、彼女は中身を見て興奮気味に言った。

「すごい……いろんなのが入ってる。ドライフルーツのタブレットチョコやミントショコラ、バトンクッキーに箱詰めのボンボンショコラなんて、これ、全部で五千円以上は余裕でするよ」

「ご、五千円？」

「うん」

由紀乃はスマートフォンで店を検索し、オーナーパティシエとして載っている奏佑の顔を確認する。そしてため息をついて言った。

「確かにこれだけイケメンだったらすごくもてるだろうし、刃傷沙汰になってもおかしくないわ。でも、そうやって揉めるってことは、きっと女にだらしない男なんだろうね」

「青柳さん……すごくいい人だったよ。物腰が柔らかくて、王子さまみたいで」

「物腰が柔らかいから、余計にもてるんでしょ。あんたみたいな田舎っぺなんか、きっと落とすの朝飯前だよ。こういうタイプは、遠くから『イケメンだなー』って見てるくらいで丁度いいんだってば」

そういうものだろうか。

一乃が「切られた髪が伸びるまで、あのお店のショコラを食べ放題だと言われた」と彼女に話すと、由紀乃は呆《あき》れた顔をして言った。

「社交辞令を真に受けないの。人気店だし、値段も高いんだから、のこのこ行ったりしたら迷惑でしょ。それにあんたはもう、この人に近づかないほうがいいと思うよ。何つーか、住む世界が違いすぎるもん」

確かに奏佑もあの店もスタイリッシュで、自分がひどく場違いに思えた。

そんな一乃を見つめ、姉があっさり告げる。

「ま、いい話のネタにはなったんじゃない？　それより、荷解きするなら手伝ってあげるから、さっさとやっちゃおう。服を入れるための衣装ケース、通販で買っておいたよ」

「うん、ありがと」

第二章

パティシエの朝は早く、店の開店時間に合わせて商品を作る都合上、だいたい午前六時から七時のあいだに出勤する者が多い。

オーナーである奏佑は毎朝五時半には店にいて、誰よりも早く仕込みに取りかかっていた。朝日が差し込み、徐々に明るくなっていく静かな厨房《ちゅうぼう》に一人でいるのは、悪い気分ではない。

奏佑はアイデアを書き留めたノートをめくり、十月のデセールについて考えた。

（当初ざっくり考えていた十月の予定は、栗《くり》を使ったものか。チョコレートマフィンの中に栗の渋皮煮と生チョコを入れて、フォンダン・オ・ショコラみたいにするのはどうだろう）

客に提供する直前にオーブンで温め、フォークを入れた途端に蕩《とろ》けるようにすれば、いかにも秋らしいデザートになるはずだ。

そのときふと大きな四角い絆創膏《ばんそうこう》を貼った右手の甲が目に入り、奏佑は昨日のでき事を思い出す。百貨店での催事の打ち合わせのあと、店に戻るべく地下街を歩いていた奏佑は、通りすがりの若い女性の髪が自分のシャツのボタンに絡んだことに気づいた。

　偶発的な事故だったものの、それを三ヵ月ほど前から親しくしていた前田《まえだ》菜摘に目撃され、浮気相手と一緒にいると思われたのは大きな誤算だった。

（まさか美容師用の鋏《シザー》を振り回してくるとはな……。まあ、俺のせいなんだけど）

　ヘアメイクアーティストのアシスタントである菜摘とは、とあるパーティーで知り合った。二回ほど食事をし、こちらの店に客として訪れるようになった彼女は、やがて「好きです」と告白してきたが、奏佑は菜摘に向かってこう答えた。

『俺が大事なのは仕事で、こうして時間があれば会うことはできるけど、普通の彼氏彼女みたいな感じではつきあえない。要は君を最優先にできないってことなんだけど、それでもいい？』

　本気ではつきあえない。将来的なことを考えたいなら、誰か他を探したほうがいい――そんな言葉を聞いた菜摘は、「それでもいい」と頷《うなず》いた。

　奏佑にはそうした相手が数人いて、誰もが割り切ったつきあいだと納得してくれていた。これまでは重くなりかけたら「もう別れたほうが、君のためだよ」と告げて円満に関係を解消してきたものの、菜摘があそこまで思い詰めていたとは思わなかった。

（他の子たちは別の女の影を感じても黙ってるけど。菜摘ちゃんはそういうタイプじゃなかったってことか。……怪我したのが、一乃ちゃんじゃなく俺でよかった）

　こちらのいざこざに巻き込まれた形の大石一乃は、素朴な雰囲気の持ち主だった。

聞けば田舎から出てきたばかりで、札幌に住む姉の元に行く途中だったらしい。彼女の髪はサラサラで細く、艶があって美しかった。背中の中ほどまでの長さだったその一部が十センチほど切られることになってしまい、奏佑の中で罪悪感が募る。

（しかし素直な子だったな。加害者である菜摘ちゃんに同情して、被害届を出さなかったし。……それに）

奏佑がご馳走《ちそう》したデセールを前にした一乃は、子どものように目を輝かせていた。

一口食べるごとに感嘆する表情に嘘《うそ》はなく、それを見た奏佑は彼女に好感を抱いた。こんなふうに心から美味しそうに食べてくれる姿を、また見たい——そんな思いにかられ、気づけば「君の髪が元通りに伸びるまで、この店のショコラを食べ放題にするよ」と申し出ていた。

（やたら恐縮してたけど、また来てくれるかな。少し待って来なかったら、彼女に連絡してみよう）

アドレスは既に交換しており、連絡する手段はしっかり確保している。

微笑んだ奏佑は、まずは先ほど考えたレシピを試作してみようと考え、バターを冷蔵庫から出しておいた。卵もボウルで溶き解して常温に戻しておき、そのあいだに他の仕込み作業をこなす。

午前六時になると、スタッフの一人が出勤してきた。

「おはようございます」

「おはよう、成瀬《なるせ》さん」

「手、大丈夫ですか？」

右手を指差してそう問いかけられ、奏佑は頷いて答える。

「ちょっと痛むけど大丈夫。作業をするときは、こっちの手に手袋をしてるし」

「そうですか」

成瀬雄二《ゆうじ》は奏佑より六つ年上の三十六歳で、この店のパティシエだ。

実家は和菓子店だが兄が跡を継いでおり、彼は洋菓子の道に進んだ。飄々《ひょうひょう》とした性格の持ち主ながら腕は確かで、奏佑はとても頼りにしている。

一度更衣室に引っ込み、シェフコートに着替えてきた成瀬に向かって、奏佑は作業の手を止めずに言った。

「成瀬さん、キャラメル・ショコラ・オランジュと、ショコラ・アグリュームを頼んでいいかな。手が空き次第、折りパイ《フイユタージュ》の仕込みもやってもらえると助かる」

「了解です」

商品のレシピはすべて奏佑が考えていて、成瀬ともう一人のパティシエの堀《ほり》がそれを忠実に再現する。

彼に頼んだのはキャラメル風味のショコラにオレンジピールを混ぜたものと、グレープフルーツ味のガナッシュが入ったショコラだ。いずれもボンボンショコラとして人気が高く、この店の商品はこうしたチョコレートと果物を合わせたものが多い。

バターが室温になったのを確かめた奏佑は、試作を始めた。まずは小麦粉とベーキングパウダー、カカオパウダーを一緒にふるっておき、別のボウルでバターとグラニュー糖を練ってなめらかなクリーム状にする。

そこに室温にしておいた溶き卵を少しずつ混ぜ、しっかり乳化させたあと、粉の半量を入れてゴムベラでさっくり混ぜた。牛乳を二回に分けて注ぎ、残りの粉を加えて、練らないようにしながら粉っぽさがなくなるまで攪拌《かくはん》する。

そして口金をつけた絞り袋に入れ、クッキングシートを敷いた型の三分の一まで生地を絞り、栗の渋皮煮と生チョコをひと粒ずつ埋め込んだ。再び生地を絞り入れ、型を台の上でトントンと叩《たた》いて空気を抜いたら、一七〇度に予熱していたオーブンで二十分ほど焼く。

「おはようございまーす。あっ、何かいい匂いがする。試作ですか?」

七時少し前に出勤してきた堀拓海《たくみ》がそう問いかけてきて、奏佑は頷いて答える。

「うん。十月のデセールの試作」

「確か栗でしたっけ? 俺、好きなんですよねー、栗。楽しみだなあ」

現在二十一歳の彼は、この店のスタッフたちの弟的存在だ。

人懐こい堀はポジティブな性格をしていて、ときに失敗もするが長くは落ち込まない。

そんな彼に対し、成瀬が声をかけた。

「堀、来るのが遅い。六時半には来いって言ってんのに」

「すみません。目覚ましを止めちゃってたみたいで」

パティシエの出勤時間が早いのは常識だが、こうして朝起きられずに遅刻する者は結構多い。前日に夜更かしをするのは、かなりの危険行為だ。

堀が反省するそぶりを見せつつ、しみじみと言った。

「青柳さん、しょっちゅう飲みに行ってるのに、よく朝五時とかに起きれますよねー。それで五時半から厨房にいるんだから、さすがですよ」

「まあ、俺はオーナーだし。この店では人一倍働かなきゃ駄目でしょ」

前の夜にどれほど深酒をしても、朝は決まった時間に起きられるのが奏佑の密かな自慢だ。厨房で作業している時間が一番好きなため、おのずとそうなってしまうに違いない。

やがて焼き上がったマフィンを、三人で試食する。フォークで切ると中から溶けたチョコレートが零れ出て、栗の渋皮煮に存在感があった。成瀬が頷いて言った。

「うん、いいんじゃないですか？　見た目もリッチな感じで」

「中に入れるの、生チョコじゃなくて、生キャラメルだとどうかなって思うんだけど。ちょっと塩《サレ》感のある」

「あー、いいですね、ほんのり塩気があるキャラメル！　秋っぽいですし、トロッと出てきたら映えるかも」

堀がそう意見してきて、奏佑は「手が空いたときに、生キャラメルバージョンも試作してみよう」と考えつつ、他の仕事に取りかかる。

午前八時になると、接客担当の真鍋《まなべ》みのりが出勤してきた。

「おはようございます」

「おはよう。今日、谷本《たにもと》さんは何時からだっけ」

「四時です」

　真鍋は二十七歳のクールな女性で、いつも涼やかな顔をしている。接客担当は彼女を含めて二人で、夕方から来るアルバイトの谷本文《あや》は大学院生だ。真鍋が奏佑の右手の甲をチラリと見て言った。

「手、大丈夫なんですか？」

「うん、作業するのは問題ないよ。ちょっと痛むけど」

「もし大事な腱《けん》とかが切れてた場合、仕事に差し支えてましたよ。これに懲りて、少しは女性関係を整理したらどうですか？　青柳さん自身が刺されたっておかしくなかったんですから」

　彼女は異性としての奏佑には微塵《みじん》も興味がないらしく、女の影がちらつくたびにしらけた視線を向けてくる。すると堀が、作業をしながら話に加わってきた。

「ほんと、昨日はびっくりしましたよ。店に戻ってきたら右手を怪我してて、手当てするなり手袋嵌《は》めて、せっせとデセール作り出すんですもん。あの皿、めちゃくちゃ気合入ってて、すごかったですよね」

　——確かに昨日、一乃に出したデセールはかなり気合が入っていた。

　ショコラレイヤーケーキは、普段盛《ドレッセ》りつけをあそこまで豪華にはしていない。だが彼女の子どものように無邪気な表情を見られて、奏佑は満足していた。

（次は何を食べさせてあげようかな。彼女はどんなものが好きなんだろう）

真鍋が店内の掃除に取りかかり、厨房にいる面々はショコラの仕込みに追われる。

やがてショーケースに商品が並んだ午前九時、店がオープンした。最初に入って来た客に対し、真鍋が笑顔で声をかける。

「いらっしゃいませ」

午前中は販売のほうがメインで、午後からカフェの客が多くなる。

表の手が足りなくなるときは、厨房の誰かがフロアに出て接客をしていた。もちろんオーナーである奏佑も販売やカフェの給仕、デセールの提供などを臨機応変にこなし、大忙しだ。

昼休みは交代で取り、状況に応じて品切れしそうなものを追加で作ったり、翌日に向けた仕込み作業を進める。

やがて午後四時、アルバイトの谷本が出勤してくると、ショップのほうに少し余裕ができた。奏佑は「休憩がてら一服するか」と考え、コーヒーを淹《い》れようとエスプレッソマシンに向かう。

そのときガラス越しに店の入り口が見え、一人の女性が入ってくるのに気づいた。

「いらっしゃいませ」

谷本が声をかけ、女性客がどこか気後れした様子で周囲を見回す。それが誰か気づいた奏佑は、厨房から出て彼女に声をかけた。

「一乃ちゃん、いらっしゃい」

こちらを見た一乃が、ホッとした顔で「こんにちは」と応える。奏佑は笑顔で言った。

「早速来てくれて、うれしいよ。髪、切ったんだね」

「はい。姉の行きつけのお店を紹介してもらって、切ってきました」

背中の中ほどまであった彼女の髪は、肩に掛かるくらいのセミロングになっている。

奏佑は申し訳ない気持ちになりながらつぶやいた。

「すごく可愛くて似合ってるけど、だいぶ短くなっちゃったな」

「いえ。久しぶりに切って、いい気分転換になりました。わたし、昔から同じような髪型しかしてこなかったので」

一乃が居住まいを正し、頭を下げてくる。

「昨日は素敵なデザートをご馳走していただき、姉にもお土産をありがとうございました。たくさん気遣ってくださって、何とお礼を申し上げていいか」

「ああ、全然たいしたことないから、気にしないで。お土産、お姉さんに気に入ってもらえた？」

「すごく興奮してました。このお店を知っていて、『超人気店だよ』って。早速おやつにいただいて、美味しいと言ってました」

彼女は「それで、あの」と少し言いよどみ、周囲を気にするそぶりをする。奏佑は一乃をカフェに促した。

「奥で話そうか。どうぞ」

カウンターにいた谷本に向かって小さく首を振り、奏佑は「オーダーは取りに来なくていい」とジェスチャーで指示する。

一乃を奥に案内し、昨日と同様に衝立で周囲の視線を遮ると、席に座るなり彼女が封筒を差し出してきた。

「これ、美容室代のおつりと、昨日のタクシー代の残金です。領収書も入っていますので、ご確認ください」

奏佑は眉を上げ、一乃を見て言った。

「返さなくていいよ。これは君にあげたものだし」

「そんな、とんでもないです。昨日ここからタクシーに乗ったら、姉のアパートまで五分くらいで着いてしまって、初乗り料金しかかかりませんでした。それであの金額は、いくら何でも多すぎます」

「確かに封筒には多めの金額を入れたけど、それは迷惑料も込みだよ。端から返してもらう気はないんだから、受け取ってほしい」

封筒を押し返すと、彼女は頑なな表情で再度こちらに押し戻し、断固とした口調で告げた。

「受け取れません。迷惑料というなら、青柳さんからは既にたくさんお気遣いをいただいていて、もうお釣りがくるくらいです。美容院代も、タクシー代も、実費以上を受け取る理由がありません」

真っすぐこちらを見つめる眼差しに曇りはなく、一乃が本当にお金を返したくて自分に会いに来たのだということが如実にわかる。

奏佑はため息をつき、封筒を自分のほうに引き寄せながら言った。

「わかった。でもせっかく来たんだから、デセールは食べていくよね？」

「えっ」

「このお釣りは受け取るけど、〝一乃ちゃんの髪が元通りに伸びるまで、うちの店のショコラを食べ放題〟っていう話は撤回する気はないよ。君はどんなものが好きなのかなって、いろいろ考えてたんだ」

封筒を手に立ち上がった奏佑は、彼女を見下ろしてニッコリ笑った。

「飲み物は冷たいのと温かいの、どっちがいい？　今日はちょっとひんやりしてるし、ホットのジャスミンティーとかどうだろう」

「あの……はい」

「じゃあ、待ってて」

客席を横切り、カウンターに向かった奏佑は、谷本に指示する。

「八番テーブルに、ホットジャスミンティーをポットで持っていってくれる？　俺のお客さんだから、伝票はこっちに付けて」

「わかりました」

厨房に入り、右手にラテックスの手袋を嵌める。横長の大きな皿を出した奏佑は、頭の中であれこれと盛りつけを考えた。

（メインは何にしようかな。冷蔵庫に、一週間前に作って寝かせてたウイスキーチョコレートケーキがあったっけ）

先ほどの一乃の様子からは、生真面目な性格と真っ当な価値観が垣間見え、奏佑は好感を抱いた。

今まで自分に寄ってくる異性は、大抵見た目や〝メディアに出ているショコラティエ〟という肩書きに惹《ひ》かれているのを隠さず、それが当たり前になっていた。しかし一乃はまったくそんな感じがなく、話しているとホッとする。

皿を作業台に置き、まずはダークチェリーとクルミのウイスキーチョコレートケーキを厚めに切って、緩く泡立てた生クリームを添えた。それからヴェリーヌ用の器に作ってあったカフェモカムースを取り出し、ルバーブとプラム、フランボワーズの赤いコンポートを重ねて、上からサクサクのチョコレートシュトロイゼルを散らす。

余白にスプーンですくったカシスのソルベを置き、チョコ細工の小さなプレートを刺した。そこにホワイトチョコレートとアーモンドのビスコッティ、そしてピオーネとマスカットを添えれば、特製デセールの完成だ。横で見ていた堀が、興味津々の顔で言った。

「美味そうですね。すっごい豪華ですけど、青柳さんのお知り合いでも来てるんですか？」

「昨日の一乃ちゃんが、また来てくれたんだ」

堀と成瀬が顔を見合わせているのをよそに、奏佑は至って上機嫌だった。

でき上がった皿を持ち、客席に向かう。そして衝立の向こうの席でジャスミンティーのカップを持っていた一乃に、微笑みかけた。

「お待たせ。昨日とはまた違った感じにしたんだけど、気に入ってもらえるかな」

「わあ……！」

目の前に置かれたデセールを見た彼女が、歓声を上げる。

奏佑は一乃の向かいに座り、内容をひととおり説明した。ウイスキーチョコレートケーキを頬張った彼女が、ほうっとため息を漏らす。

「すごく深みのある味……。どっしりした密度があって、香りがいいですね。大人の味がします」

「九十パーセントのカカオと熟成感のあるウイスキー、それにダークチェリーとローストしたクルミを合わせて、大人のケーキにしたんだ。一週間くらい冷蔵庫で寝かせたおかげで、ウイスキーが生地に馴染《なじ》んでしっとりしてる。アルコールは飛んでるから、酔っ払いはしないと思うよ」

続いてヴェリーヌを口に入れた一乃は、「んっ」と目を丸くした。

「一番下のムース、カフェモカっていうからてっきりコーヒー味なのかと思ったら、チョコレートの味もしっかりするんですね。赤いソースの酸味が合ってて、上のサクサクしたのも美味しいです」

「エスプレッソコーヒーにショコラを合わせたのを、〝カフェモカ〟っていうんだ。赤いコンポートは季節によって、苺《いちご》とか無花果とか、ダークチェリーに変えてる。上のサクサクしたシュトロイゼルは、粉とバターとクーベルチュールをフードプロセッサーにかけて砂状にしたあと、手で練ってそぼろみたいにしてオーブンで焼いてるんだ。焼きムラができないように途中で出してフォークで混ぜなきゃいけなくて、意外に手間がかかってる」

話しながら、奏佑はデセールを食べる一乃を観察する。

二十代前半とおぼしき彼女は、どちらかといえば童顔だ。化粧はごく薄く、肌に透明感があって色が白い。目が大きくぱっちりとしていて、長い睫《まつげ》毛や黒々とした瞳がチャームポイントだ。

目鼻立ちのバランスはよく、素直な性格が表情に表れていて、とても愛らしい。栗色の髪はサラサラとして艶があり、全体的に清潔感があった。小柄で華奢《きゃしゃ》な体型も相まって、どこか庇護《ひご》欲《よく》をそそる雰囲気がある。

（……可愛いな）

美味しそうに食べる様子は小動物を思わせ、つい微笑んでしまう。するとそれに気づいた一乃が、居心地の悪そうな顔で言った。

「あの……じっと見られていると、食べづらいんですけど」

「一人で食べるのは寂しいかなって。俺も一乃ちゃんの美味しそうな顔が見たいし」

奏佑はニッコリ笑い、彼女に問いかけた。

「こっちで仕事を探すって言ってたけど、どんな職種にするかもう決めてるの？」

「地元では、運送会社の経理事務をしていたんです。日商ＰＣとビジネス文書検定の資格は持っているので、またそういう仕事ができたらいいなと思っています」

「てっきり大学生くらいかと思ってたんだけど、今の年齢は？」

「二十三歳です。高卒で働いていたので、前の会社には四年ちょっとお世話になりました」

それを聞いた奏佑は、微笑んで言った。

「じゃあ就職が決まったら、俺にお祝いさせてくれる？」

「えっ」

「一乃ちゃんがいい会社に入れるように、祈ってるよ」

第三章

朝の時間、姉の由紀乃は出勤準備でバタバタと忙しない。

シャワーを浴び、化粧をして身支度を整えなければならないが、今日は少し寝坊をしたらしい。慌てる姉を見た一乃は、「そういえば昔から、朝が弱かったっけ」と考えつつ声をかける。

「お姉ちゃん、もうご飯よそっていい？」

「少なめにしてー。あ、野菜ジュース飲む」

今までは朝食抜きで出勤することが多かったという彼女は、一乃が作るものは喜んで食べてくれる。だが「朝は野菜ジュースとヨーグルトが必須だ」と言われ、和食でも必ず添えるようにしていた。

やがて食卓について箸を取った由紀乃に、一乃は自分も箸を持ちつつ問いかける。

「今日はお仕事、早番だっけ」

「うん。でも夜に予定が入るかもしれないから、そのときは連絡するわ」

それを聞いた一乃は、「もしかしたら、彼氏と会うのかな」と推測する。

由紀乃の年齢的に、そういう相手がいてもおかしくない。だが同居を始めてまだ数日ということもあり、あまり深い話は聞けずにいた。彼女は急いで卵焼きを口に頬張って言う。

「あんたは今日、ハローワークに行くんでしょ。ああいうところもどうなんだろうね。就職情報誌とかで探したほうがいいんじゃない？」

「うん。どっちも見てみて、ここから近いところで事務系の仕事があればいいなって思ってる」

卵焼きとブロッコリーの塩茹《ゆ》で、れんこんのきんぴら、なめこと豆腐の味噌汁《みそしる》というメニューに、野菜ジュースとヨーグルトという朝食を食べ終えた由紀乃が、時計を見て言う。

「やばい、もう出ないと。食器洗い、お願いしてもいい？」

「うん」

「ごめん、晩ご飯は私が作るから。出掛けるときは戸締りちゃんとしてね」

「わかってるよ。いってらっしゃい」

由紀乃が慌ただしく出掛けていき、閉まっていくドアを見つめた一乃は小さく息をつく。

台所を片づけながら、今日の段取りを考えた。

(掃除と洗濯をしたあと、ハローワークに行こう。昨日、転入届を出すのに区役所に行ったけど、街中はやっぱり緊張するな)

こちらに来て改めて驚いたのは、車と人の多さだ。今までは主にバスを使っており、電車すらごくたまにしか利用したことがないため、地下鉄に乗るのは緊張してしまう。

　だがここで暮らしていくのなら、早く慣れなくてはならない。ちなみに昨日は、街中で久しぶりに実父と会った。離婚後はほとんど会う機会がなく、主に電話でやり取りしてきたが、一乃が札幌に引っ越してきたのを知って「会おう」ということになった。

　数年ぶりの父親は記憶より少し老けていて、一時間ほどお茶を飲みながら互いの近況について話をした。一昨年、会社の部下の女性と再婚した彼は「何か困ったことがあったら連絡してきなさい」と言ってくれたものの、新しい家庭を持った父にはやはり遠慮してしまう。

（子どもの頃、お父さんとお姉ちゃんがいなくなったときはすごく寂しかったけど、時の流れと共に慣れていくんだな。……今はもう、お父さんと一緒に暮らしたいとかは思わないし）

　しかしつい最近まで暮らしていた地元は、やはり違う。

　故郷を思い出した一乃の目に、ふいにじわりと涙がにじんだ。慣れ親しんだ土地はご近所中が知り合いで、祖母が入院しているあいだも誰かしらが気にかけてくれ、おかずのお裾分けなども頻繁にあって寂しくはなかった。

　職場でも、社長を筆頭に父親くらいの年齢の男性従業員たちに可愛がられ、人との触れ合いに慣れていた一乃だが、こちらに来てからは違う。

　都会は誰もがよそよそしく、忙しそうにしている。頼りの姉とは朝と夜しか話せず、一乃は既にホームシックになっていた。

（せめてお祖母ちゃんの家で、ずっと暮らせたらよかったのにな。……でも、更地にして売るっていうんだから、仕方ないよね）

祖母の家を売るという決断をしたのは、母親の芳江《よしえ》だ。

両親が離婚したあと、一乃は彼女に引き取られたが、やがて恋人ができた芳江は娘を実家に預けてまったく寄りつかず、そのまま再婚してしまって、一乃はずっと祖母の家で育てられた。

優しい祖母と暮らすのは決して嫌ではなく、彼女が身体を壊して入院してからは、仕事が終わったあと毎日三十分かけて病院に通った。しかしほとんど顔を見せることがなかった芳江は、祖母の葬儀の席で「あの家は売るつもりだから、あんたはどこか他に住むところを探してちょうだい」と一乃に言い渡し、それを聞いていた由紀乃が激怒した。

『あの家はお祖母ちゃんと一乃が、ずっと二人で住んでいたところじゃん。それをいきなり出て行けとか、あんたそれでも母親なの？』

離婚によって父親に引き取られた由紀乃は、一乃を祖母に押しつけて再婚し、入院したあともろくに看病をしなかった芳江が許せなかったらしい。

芳江は長女の剣幕にばつの悪そうな顔をしつつも、「祖母の遺産は、土地家屋くらいしかない」「家を残しておいても固定資産税がかかるし、唯一の相続人の自分には、自由にする権利がある」と述べ、売却して現金化することにこだわっていた。

するとそれを聞いた由紀乃は、目を吊《つ》り上げて言った。

『じゃあ勝手にすれば？　一乃、あんたは札幌で私と一緒に住もう。それでこんな守銭奴の無責任ババアとは、すっぱり縁を切りな』

彼女は母親を睨《にら》みつけ、吐き捨てた。

『お祖母ちゃんの最期を看取った一乃を無一文で放り出した挙げ句、二束三文にしかならない家をわざわざ売り払って遺産を独り占めするっていうなら、好きにするといいよ。言っとくけど昔も今も、あんたは自分の意思で娘を捨てて好き勝手やってるんだからね。くれぐれも自分の老後を、私や一乃に見てもらおうなんて思わないで。親としての義務を果たさなかったくせに、困ったときに都合よく擦り寄ってくるなんて、絶対に許さないから』

そうして家の取り壊しと土地の売却が決まったが、実は祖母は一乃と由紀乃の名義で預金通帳を残してくれていた。

それは「いつか二人がお嫁にいくときのために」と貯めておいてくれたもので、五十万円ずつが入っていた。入院中の祖母は娘の芳江がろくに見舞いにこないことに気落ちし、「芳江は金に執着する性質だから、くれぐれもこの通帳の存在は気取られるな」と一乃に話していたが、その予想は当たったといえる。

現在、一乃の手元には祖母の遺してくれたお金と自分でコツコツ貯めたささやかな貯金があるものの、それにはなるべく手をつけたくないと考えていた。ならば早急に仕事を見つけなければならず、一乃はぐっと眦《まなじり》を強くする。

（家賃や光熱費はお姉ちゃんと折半できるから、生活にかかるお金は抑えられる。高望みせず、地味でも長く勤められるような会社をピックアップして、どんどん面接に行かなきゃ）

そのときスマートフォンが電子音を立て、一乃は掃除の手を止めてディスプレイを見る。通話アプリのメッセージが届いていて、送信者は奏佑だった。内容は〝今日から店頭発売するガトー〟として、ショコラモンブランの写真がある。

ごく細い口金で搾り出したチョコレート色のモンブランクリームにはかなりの高さがあり、上に艶やかな栗《くり》の甘煮と金箔《きんぱく》、チョコ細工が飾られていて、とても洗練された造形だ。

彼のことを思い出し、一乃は何ともいえない気持ちになった。数日前に知り合った青柳奏佑は有名なショコラ専門店のオーナーパティシエで、「揉《も》めごとに巻き込んでしまったお詫《わ》びに」と、さまざまな気遣いを見せてくれていた。

店でご馳走《ちそう》してくれるアシェットデセールは、その最たるものだ。彼の作る皿は華やかで美しく、味も素晴らしい。並べられたもののひとつひとつが手の込んだ品で、一乃はそのセンスとクォリティに圧倒されていた。

（それに……）

奏佑自身が人目を引く華やかな容姿の持ち主で、一乃は彼に会うたびにどんな顔をしていいか迷う。

きれいに通った鼻梁《びりょう》や涼やかな目元、シャープな輪郭が形作る端整な顔は、どこかアンニュイな甘さがあった。加えてスラリとした体型と長い手足、優雅な物腰で、その王子めいた雰囲気は確かに女性受けするのも頷《うなず》ける。

（話し方も穏やかで優しいし、それでショコラティエとしての才能もあるなら、女の人にもてて当たり前だよね。……恨みを買うようなつきあい方はどうかと思うけど）

あれほど成功している奏佑が自分に構う理由が、一乃にはわからない。

いかにも田舎から出てきたばかりのお上りさんが、物珍しかったのだろうか。彼は昨日一乃が店から帰ったあとに、初めて通話アプリのメッセージを送ってきた。

内容は「就職が決まったらお祝いしたいって言ったの、本気だから」「決まったら教えて」というもので、絵文字やスタンプを使わない簡潔さは真面目な印象で、好感が持てた。

（何て返そう。……ええと、「すごく美味しそうです」、「今日はこれからハローワークに行ってきます」、っと）

一乃が送信するとすぐに返事がきて、「いいところが見つかるといいね」「頑張って」と書かれていた。何気ないやり取りだが心が温かくなり、一乃は微笑む。

（こっちに来てからお姉ちゃん以外にこうしてやり取りする人、青柳さんが初めてだな。……何かうれしい）

一番近いハローワークに行くには市電に乗るのが最適なようで、アパートを出た一乃は十分少々歩き、市電の停留所に向かう。そして三駅先で降りて、ハローワークまでやって来た。

求人状況はインターネットでも検索できるものの、わざわざ出向いてきたのは、失業保険の手続きをするためだ。

新しい就職先が決まるまでどのくらいかかるかわからず、もしかしたら長期化する可能性もある。そのあいだに失業保険を受給するためには、ハローワークに必要書類を提示して手続きをしなければならないらしい。今回は自己都合による退職で給付制限がかかってしまうため、受給するより早く就職先を決めるつもりでいるが、「念のため、手続きだけはしておいたほうがいい」と前の会社の事務員にアドバイスされていた。

一乃は窓口で手続きし、受給説明会の話などを聞いたあと、求人情報を検索する。帰りは本屋に立ち寄り、就職情報雑誌などを買い込んで、自宅でじっくりと読んだ。

やがて夕方に帰宅した由紀乃が、夕食の支度をしながら「実はね」と思わぬことを言った。

「知り合いの会社の事務の人が妊娠中で、八ヵ月くらいまで働くつもりでいたそうなんだけど、悪阻が思いのほか重くて早めに産休に入るんだって。それですぐに働ける人を探してるんだけど、あんた、そこの面接を受けてみる？」

「えっ」

「ジュエリーブランドの会社で、サイトはこれ」

彼女いわく、株式会社lupus《ルプス》というその会社は、〝身体の曲線に沿う優美なライン〟をコンセプトにジュエリーのデザインと制作販売をしているらしい。

五年前の春夏シーズンにデビューした新興のブランドであるにもかかわらず、ファッショニスタのあいだでは既に有名で、雑誌にも多く取り上げられているという。おしゃれで洗練されたホームページを見た一乃が感心していると、由紀乃が歯切れ悪く言った。

「その知り合いっていうのが、私が一年前からつきあってる相手なんだけど。そこの営業部長をやってるんだよね」

「えっ、そうなの？」

「会社は社長とジュエリーデザイナーを筆頭に、社員の年齢が比較的若い会社なんだって。私の彼――森山洋平《もりやまようへい》は会社の設立時からいるメンバーで、あちこちに営業をかけて販路を広げたり、展示会の企画とかをしてるみたい。私が一乃と一緒に住むっていう話をして、仕事を探してるって言ったら、『じゃあ、うちで働くのはどう？』って言ってきて」

由紀乃に交際相手がいて、それがジュエリー会社の営業部長だというのは、新鮮な驚きだった。しかし気になる点があり、一乃は彼女に問いかける。

「でも……勤務条件は、その事務員さんが産休から戻るまでってこと？　わたし、契約社員みたいな形じゃなく、正社員で働けるところを探してるんだけど」

「正社員だってよ。元々事務の手が足りなくて、増やそうと思ってたんだって」

ざっくりと聞いた給料や福利厚生は悪くなく、オフィスも札幌駅のすぐ傍にあり、自宅からも近い。興味をそそられた一乃が面接を受けることを前向きに考えていると、ふいに由紀乃が気がかりそうに言った。

「でも、強制はしないからね？　もしあんたが『紹介で入るとか、何かやりづらい』って思うなら、断ってくれて全然構わないし」

「あ、ううん。わざわざそういう話を持ってきてくれるの、すごくありがたい。お姉ちゃんの彼氏さんも、きっとわたしによかれと思って言ってくれたんだろうし、職場も通いやすいところにあるみたいだから、面接を受けてみようかな」

しかし自分から話を持ってきたにもかかわらず、彼女はその後も「他にいいところがあるかも」「この話は断っても構わないんだから」と、やんわりと翻意を促してくる。

それでも一乃の気持ちが変わらないとみると、由紀乃はため息をついて言った。

「わかった。……じゃあ洋平に、面接の日程を聞いてみる」

スマートフォンを操作して恋人にメッセージを送る姉を見つめながら、一乃は釈然としない気持ちを嚙《か》みしめる。

(変なお姉ちゃん。反対するくらいなら、最初からその話をわたしに聞かせなきゃいいのに。……あ、もしかして)

ひょっとすると由紀乃は、自分の恋人と妹が同じ会社で働くのが嫌なのだろうか。もし一乃がちゃんと仕事をこなせなかった場合、紹介者である森山に迷惑をかけてしまうことも充分に考えられる。

そんな可能性に思い至り、一乃が「あの、お姉ちゃん……」と言いかけた瞬間、彼女が顔を上げて言った。

「今、洋平から返事がきて、なるべく早く面接を行いたいって。『急だけど、明日の午後一時半はどうか』って言ってるけど、どうする?」

「あ、えっと……わたしはいつでも大丈夫だよ」

「じゃあ、オッケーだって返事するね」


その翌日、リクルートスーツに身を包んだ一乃は、少し緊張しながら街中にあるオフィスを訪れた。

(株式会社lupus……ここだ)

札幌駅から徒歩三分、地上十四階建てのビルは、低階層は飲食店、高階層にはオフィスが入った複合施設となっている。

近隣には同様の複合ビルがいくつもあり、行き交う人が多くとてもにぎやかな立地だ。自宅アパートのすぐ傍からバスに乗った一乃は、トータル十五分ほどで目的地に到着し、エレベーターに乗り込む。

八階で下りて廊下を進むと、社名が記されたガラスの扉があった。中に入った一乃は、手近なデスクにいる女性に声をかける。

「一時半に面接のお約束をしております、大石と申しますが」

「あ、お待ちしておりました。どうぞ」

女性が応接室まで案内し、しばらくして三十代後半とおぼしき眼鏡を掛けた男性がやって来る。

彼は坂本《さかもと》と名乗り、社長の下で会社の実務面を取り仕切っているのだと説明した。一乃はこれまでの経歴や前職での仕事内容、持っている資格などについて質問され、言葉を選びながら答えていく。坂本が頷いて言った。

「なるほど。経理事務の経験は、四年半ほどあるということですね。でしたらうちのやり方に慣れるのも早いと思います。ところで大石さんは、弊社の森山の紹介と聞いておりますが……？」

「はい。姉づてに、森山さんからこちらのお仕事をご紹介いただきました。ですが森山さんとは、まだ直接面識がありません」

「ああ、そうなんですね」

すると途中でノックの音が響き、三十代前半に見えるスーツ姿の男性が姿を現す。それを見た坂本が、笑って言った。

「では僕のほうから紹介するのも何ですが、こちらが弊社の営業部長の森山です。森山くん、こちらが大石さん」

「初めまして、森山です」

由紀乃の恋人だという森山は、仕立てのいいスーツを着た物腰の穏やかな人物だった。きちんとセットされた髪は清潔感のある長さで、顔の造りも整っている。彼が懐から名刺入れを取り出し、一枚手渡してきて、立ち上がった一乃は両手でそれを受け取った。

（……本当に〝営業部長〟って書いてある。若いのに、すごいな）

森山が一乃の向かいに着席し、こちらに微笑みかけてくる。

「当社は社員の平均年齢が三十六歳と若く、風通しのいい社風です。男女比は半々ほどで、仕事は丁寧に教えますし、きっとやりがいを見出すことができると思いますよ」

引き続き坂本が詳しい雇用条件などを説明し、三人でしばし雑談に興じる。やがて彼は、一乃の履歴書を揃《そろ》えながら言った。

「では、面接は以上です。結果は本日中に、お電話でご連絡いたします。お疲れさまでした」

「はい、ありがとうございました。どうぞよろしくお願いいたします」

丁寧に頭を下げ、応接室から出た一乃は、受付の女性に「失礼いたします」と挨拶をする。そして下りのエレベーターに乗り込み、深く息を吐いた。

（ああ、緊張した。わたし、上手く受け答えできてたかな……）

――感触としては、悪くなかった。

坂本は明朗で感じがよく、途中で入ってきた森山も穏やかそうな人物だった。給与や待遇面もしっかりしており、一乃は「採用になったらいいな」と考える。

（家からここまではバス一本で通えるし、通勤するのに二十分もかからない。しかも土日が休みなんて、こんないい条件、他にはないかも）

スーパーで買い物をし、帰宅する。

今日の夕食は一乃の当番で、赤魚の煮つけときのこのホイル焼き、きゅうりとささみの胡麻酢《ごまず》和え、蒟蒻《こんにゃく》の子和えと、白菜と油揚げの味噌汁を作った。やがて遅番だった由紀乃が帰ってきて料理を温めているとき、スマートフォンが鳴る。

電話をしてきたのは面接をした坂本で、「社内で検討した結果、採用が決定しました」という知らせだった。一乃は笑顔になって答える。

「ありがとうございます、頑張ります。……はい、大丈夫です。明日の朝、八時五十分までに出勤ですね。わかりました」

部屋着に着替えた由紀乃が、こちらを見ている。そして電話を切ったタイミングで、声をかけてきた。

「採用だって?」

「うん、明日から来てほしいって。きれいな会社だったし、『あそこで働けたらな』って思ってたから、すごくうれしい。あ、森山さんにも会ったよ。優しそうな人だった」

「……そう」

彼女がふと浮かない顔をし、一乃は目を瞠《みは》る。由紀乃がぎこちなく笑ってこちらを見た。

「おめでと。せっかく失業保険の手続きしたのに、無駄になっちゃったね」

「うん。でも、早く働きたかったから」

夕食のおかずをテーブルに並べながら、一乃は先ほどの姉の表情が気にかかる。

やはり彼女は、自分の恋人と妹が同じ職場で働くのが嫌なのかもしれない。そう考えた一乃は由紀乃に誤解されないためにも、森山とはあまり親しくしないようにしようと心に決める。

(そうだ。青柳さん、「就職が決まったら教えて」って言ってたっけ)

積極的に彼と関わりを持ちたいわけではないものの、申し出を無視するのは寝覚めが悪い。

一乃は夕食後、由紀乃が風呂に入っているあいだに奏佑にメッセージを送る。「就職が決まりました」「ジュエリーを制作販売している会社です」と送信し、一息ついた。

(そうだ、明日持っていくお弁当の下拵《したごしら》えをしなくちゃ。お姉ちゃんの分も作ったら、食べてくれるかな)

彼女が風呂から上がったら、聞いてみよう――そう思いながら立ち上がったタイミングで、スマートフォンが鳴る。通話アプリのメッセージではなく着信で、ディスプレイを確認すると奏佑からだった。一乃は急いで指を滑らせ、電話に出る。

「はい、大石です」

『一乃ちゃん? 青柳です。メッセージ見たよ、就職おめでとう』

彼はメッセージを見て、すぐに電話をかけてくれたようだ。落ち着いた低い声を耳にした一乃は、恐縮して答えた。

「わざわざ電話をいただいて、すみません。まだお仕事がお忙しかったんじゃ」

『いや、店の営業は午後七時で終わってるんだ。他のスタッフはもう退勤してて、俺は厨《ちゅう》房《ぼう》で一人で試作をしてた』

現在の時刻は午後九時過ぎで、奏佑はこんな時間でも店に残って仕事をしていたらしい。一乃が「大変だな」と考えていると、彼が言葉を続けた。

『仕事を探し始めてすぐに決まるなんて、すごいね。きっと一乃ちゃんの人柄が、相手に好印象だったんじゃない？』

「そ、そんなことないです。たまたま姉がおつきあいしている人の会社で、事務員さんが早めの産休に入ることになってしまったみたいで……。紹介してもらえて、すごくラッキーでした」

会社の業務内容などを話しているうちに、一乃の中にじわじわと安堵《あんど》がこみ上げる。

札幌に来た当初は「こんな都会で、自分のようなお上りさんを雇ってくれるところがあるのだろうか」という不安を抱いていたが、すんなり採用が決まって本当によかった。

奏佑が「いつから勤務なの？」と問いかけてきた。

「明日からです。土日は休みなので、一日行ったらすぐにお休みになっちゃうんですけど」

『そっか。じゃあ明日の夜、俺とご飯食べない？』

一乃は驚き、思わず問い返した。

「青柳さんとわたしが、ですか？」

『うん。就職が決まったら、お祝いするって言っただろ』

「でも、お仕事は……」

『上がろうと思えば、八時前には上がれるんだ。だから街中で待ち合わせしよう』

やんわりとしつつ強引に話を決めた彼が、ふと気になったように言う。

『もしかして、何か予定があった？　別の日がいいなら、そっちに合わせるけど』

「いいえ、何もないです。わたし、こっちには姉以外に青柳さんしか知り合いがいないので」

すると奏佑が「そっか」と笑い、言葉を続けた。

『じゃあ明日の午後八時に、札幌駅の南口で待ち合わせでいいかな。もし見つけられなかったら、携帯に電話する』

「はい」

『楽しみにしてるよ。おやすみ』

「……おやすみなさい」

電話を切った一乃は、じんわりと頬を赤らめる。

男性と二人きりで食事するのは、初めてだ。しかも相手は文句なしのイケメンとあって一体どんな話をしたらいいのか悩む。

(どうしよう、すごくドキドキする。……でもその前に、明日は新しい職場への初出勤なんだから、気を引き締めないと)

これまで経理事務として経験を積んできたが、新しい職場では人数が少ない分、幅広い仕事を任されるらしい。

面接では「周囲とコミュニケーションを円滑にし、部署のパフォーマンスを向上していけるような事務職を求めている」と言われたため、気が抜けない。

（前任者は悪阻で体調が悪い女性なんだし、教えてもらった内容はその都度メモして、何度も同じことを聞かないようにしなきゃ。……上手くやっていけるといいけど）

期待と不安が入り交じり、ひどく落ち着かない気持ちになる。それが初出勤を意識してのことなのか、奏佑と二人きりで会うためなのかは、わからない。

（……両方、かな）

とりあえずはお弁当のおかずの仕込みをし、入浴する。そして着ていく服を選ぼう――そう考えた一乃は、翌日に思いを馳《は》せ、小さく息をついた。

第四章

一般にパティスリーは、夏場になると暇になるところが多いといわれている。

しかし今年の夏のBoite a bijoux secret《ボワット　ア　ビジュー　セクレ》は、ライチやフランボワーズにバラの香りを加えたイスパハンムースを使ったデセールや、爽やかな酸味のブラッドオレンジのガトーショコラ、クール感のあるチョコミントなどを前面に押し出し、売り上げはそう悪くなかった。

「やっぱ店の商品にキャラメルとかジャンドゥジャ、それに栗《くり》のものなんかが多く出てくると、秋って感じがしますよねー。ショコラ専門店としては、そういうもののほうが〝らしい〟って思いません？」

長方形の枠《カードル》から外したガナッシュを既定の大きさにカットし、専用のフォークでひとつずつテンパリングしたチョコレートにくぐらせながら、堀がそんなことを聞いてくる。

奏佑は自分の作業をしながら答えた。

「確かにそうだけど、見た目が単調にならないように気をつけなきゃいけないから、それはそれで大変だよ。だって全部茶色いわけだし」

「あー、そうですよねえ」

だからこそボンボンショコラは、表面に線を描いたり、カカオ豆を細かく砕いたグリュエ・ド・カカオを散らしたり、転写シートを使った模様で変化をつけている。

金曜日である今日、奏佑は通常の仕込みを成瀬と堀に任せ、明日の予約の結婚式用のケーキ作りにかかりきりになっていた。オーダーしてきたのはよくこの店を利用してくれている客で、「大きなスクエア型のチョコレートケーキで、シックで洗練されたものを」という希望だ。

奏佑がデザインしたのは、濃厚なチョコレートビスキュイの間にビターなショコラムースと果実感を残した洋梨のゼリーを挟み、生クリームを薄く塗った側面いっぱいに赤紫の食用花の花びらをコーティングしたものだ。

上にも同じ花びらを少し散らし、ダークチェリーやブルーベリー、チョコ細工などを飾って、華やかでありながらシックで大人っぽいケーキに仕上げる。そのデザイン画を見た成瀬が、興味深そうな顔で言った。

「洋梨は生をスライスしたものを挟むんじゃなく、ゼリーにするんですか？」

「うん。少し火を入れたほうが香りが強くなるし、食感もいいと思って」

オーブンで焼き上げて冷ました三枚のビスキュイのうち、一番下になる生地の裏面にテンパリングしたチョコレートを薄く塗る。

これを〝シャブロネ〟といい、乾いたらその面を下にして型に敷き込み、シロップを打った。そこに洋梨のゼリーを流し込んでヘラで平らに均し、もう一枚のビスキュイを重ねてまたシロップを打つ。

　冷蔵庫で冷やし固めたら、ショコラムースを塗り広げる。三枚目の生地を重ねたあとはもう一度ムースを塗って、表面をグラサージュ用のチョコレートで覆った。

　このあとは冷蔵庫に入れ、明日の朝に再度グラサージュを掛けたあと、刷毛で全体にココアパウダーを塗って側面を生クリームと花びらで飾る。そして上部にダークチェリーやブルーベリー、チョコ細工をあしらえば、ウェディングケーキの完成だ。

　作業を一段落させて昼休みに入った奏佑は、事務所でスマートフォンを開く。一乃から「就職先が決まった」とメッセージがきたのは、昨日の夜のことだった。彼女に電話をかけた奏佑は、就職祝いとして食事に誘った。

（どこに行こうかな。洋食系にするか、和食にするか）

　店以外で一乃に会うのは、初めてだ。

　知り合ったきっかけはこちらのトラブルに彼女を巻き込んでしまったことだが、素直で可愛らしい一乃を奏佑は気に入っていた。彼女の素朴さは今まで出会った女性にはなかったもので、どこか危なっかしさも感じ、庇護《ひご》欲《よく》をそそられる。だからこそ、こうして自分から積極的に構いたくなっているのかもしれない。

　午後の時間帯、奏佑は事務仕事をこなしたり、ときおりフロアに出て接客をしたり、明日の仕込みをして過ごした。そして午後七時に店が閉店したあと、厨房《ちゅうぼう》の後片づけをして帰り支度をする。それを見た真鍋が、声をかけてきた。

「青柳さん、今日は帰るの早いんですね。いつもは遅くまで残って厨房で作業してるのに」

「ん？　人と会うからね」

上機嫌で答えると、彼女は呆《あき》れた顔になって言った。

「もしかして女性と会うんですか？　このあいだあんな事件があったばかりなんだから、ちょっと控えたほうがいいと思いますけど」

真鍋の指摘は的を射ていたものの、奏佑は一乃に他の女性とひとくくりにできないものを感じている。

しかしそれはあえて口に出さず、微笑んだ。

「確かに相手は女性だけど、今回はそういうんじゃないんだ。じゃ、お先」

「お疲れさまです」

店を出て地下鉄に乗り、待ち合わせ場所を目指す。

午後八時には少し時間があったため、その前に花屋に寄った。そして南口から地上に出ると、ビルの前に人待ち顔で佇《たたず》む一乃がいる。奏佑は彼女に近づき、声をかけた。

「一乃ちゃん、ごめん。待った？」

「あ……お疲れさまです」

今日の彼女は白いアンサンブルトップスに下は黒の膝丈スカート、そしてベージュのアウターという清楚《せいそ》な服装だった。

待っているときはどこか所在ない様子だったのが、こちらを見た瞬間にパッと笑顔になるところが可愛らしく、奏佑は微笑ましい気持ちになる。

「近くの店を予約してあるんだ。行こう」

一乃を促して向かった先は、駅から徒歩数分のところにある割烹《かっぽう》料理の店だった。

店内は和モダンな雰囲気で、和服姿の従業員がカウンターに案内する。「ただいまお茶とおしぼりをお持ちします」と言って従業員が去っていったタイミングで、一乃が動揺した面持ちでささやいた。

「青柳さん、ここってすごくお高い店なんじゃ……」

「俺が誘ったんだから、気にしなくていいよ。それよりこれ、就職祝い」

「えっ」

手渡した紙袋の中には、先ほど買った花束が入っている。彼女が目を瞠《みは》ってつぶやいた。

「きれい……。ありがとうございます」

花束はライムグリーンのマムやカーネーション、黄色いバラ、そして赤や茶色の実ものと緑の葉でまとめ、紫とグレーの紙で包装した秋色のものだ。

華やかなそれを見つめた一乃が、感心したように言った。

「こんなに素敵な花束を選ぶなんて、青柳さんはやっぱりセンスがいいんですね」

「まあショコラティエなんてやってると、常に女子受けを考えてるようなものだから。どういうものが女の子に好まれるかは、いつもリサーチしてる」

彼女に嫌いなものがあるかどうかを聞きながら、奏佑は料理を注文する。そして運ばれてきたビールとサワーで乾杯した。

「改めて、就職おめでとう」

「ありがとうございます」

先付けの甘鯛《あまだい》の昆布締めや牡蠣《かき》と菜花の吹雪仕立ての椀《わん》、お造り五種盛りなどが出てくるたび、その美しい盛りつけに一乃が感嘆のため息を漏らす。

最初の一杯のあと、奏佑は日本酒に切り替えた。彼女はサワーを飲んでいたものの、あまり酒が強くないようで、八寸が出てくる頃にはほんのりと頬を染めている。

奏佑は手酌で自身の杯に酒を注ぎながら言った。

「ふうん。お姉さんとは、十一年ぶりに一緒に住んでるんだ」

「はい。姉はお盆とお正月に祖母の家に来てくれていたんですけど、二人で暮らすのは初めてで、何だか新鮮で。家事を手分けしてやるのも楽しいです」

小学六年生のときに両親が離婚し、それから間もなく母方の祖母宅に預けられた一乃は、近隣にひとつしかない高校に進学したらしい。

卒業後は働きながら通信講座で事務系の資格を取得したというが、言葉の端々に祖母を始めとする周りの大人たちに可愛がられていたのが伝わってきて、奏佑は「自分とは大違いだな」と考えた。

(俺は家族の団欒《だんらん》とか、全然記憶にないもんな。……高校のときから独り暮らしだし)

金銭的に不自由したことはなかったものの、血の繋《つな》がりがあるはずの父親とは、心温まる交流などは一切なかった。

しかし今の店をオープンするときに開業資金を貸し付けてくれたのだから、最低限の親子の情はあるのだろう。贈与をよしとせず、毎月決まった額を返済する〝融資〟を希望したのは、奏佑の意地だ。胸を張って「自分の店だ」と言うためには、親の力で開業するのは違うと思った。

「……青柳さん、どうかしました？」

気づけば物思いに沈んでいて、一乃が隣から呼びかけてくる。我に返った奏佑は、笑って言った。

「いや。……一乃ちゃんは、真っすぐに育ったんだな。君のそういう素直さを見てると、すごくホッとする」

それを聞いた彼女が、ぐっと頑なな表情になってモソモソとつぶやいた。

「青柳さんは……そういう思わせぶりな言い方をするのは、やめたほうがいいと思います。都合よく誤解する人もいますから」

「そうかな、本音しか言ってないけど。ところで〝都合のいい誤解〟って、一乃ちゃんが俺を意識するってこと？　だったら大歓迎だよ」

すると一乃は目に見えて狼狽《ろうばい》し、こちらから身体を遠ざけながら答えた。

「そんなことないです。そもそも青柳さんは恰好《かっこう》よすぎるので、信用できません。女の人には誰にでも優しくしてそうですし」

奏佑は思わず噴き出し、彼女を見た。

「結構言うね。でも俺のこの顔は生まれつきだから、変えようがないんだけど。何で信用できないの？」

「お祖母ちゃんが言ってたんです。『都会にはいろんな男がいて、一乃みたいな世間知らずはすぐに騙《だま》される。特に顔がいい男には注意しなさい』って。青柳さんはそれに当て嵌まりますから」

確かに一乃は素直な性格のため、きっと騙すのはたやすいに違いない。初心で世間ずれしていない雰囲気を、「可愛い」と思う男もいるだろう。

そもそも見た目が可憐《かれん》で、ふんわりした笑顔には人の気持ちを和ませる力がある。いつか彼女の魅力に気づいた男がアプローチし、一乃がそれを受け入れて恋愛関係になるのを想像すると、奏佑の中にじわりと不快感がこみ上げた。

（この子が他の男とつきあうのは、嫌だな。――だったら俺が立候補したい）

初めて会ったときから、奏佑は彼女に好感を抱いていた。

何度か顔を合わせるうちにその思いは強くなり、こうして店以外で会うことも楽しい。何より自分が作ったショコラを食べたときの一乃の表情は、奏佑を幸せな気持ちにさせる。ずっとそんな顔を見ていたいと感じ、彼女がもっと喜んでくれるようなデセールを作りたいと思う。

（何だ。……俺はとっくに、この子に惹《ひ》かれていたのか）

〝髪が元通りに伸びるまで〟というのは口実にすぎず、せっかくできた縁を切りたくなくて思いついた策だった。

そう気づいた奏佑は、思わず苦笑する。そして隣に座る一乃を見つめ、唐突に告げた。

「一乃ちゃん。――俺は一乃ちゃんを、可愛いと思ってるよ」

「えっ」

「見た目はもちろん、人を思いやれる性格や、何事にも一生懸命取り組むんだろうなって感じさせる言動を好ましく思ってる。一番気に入ったところは、俺の作ったものを心から美味しそうに食べてくれるところだ。子どもみたいに目をキラキラさせて、幸せそうな顔で頬張る様子とか、ずっと見ていたくなる」

彼女が戸惑ったように瞳を揺らす。そんな表情も可愛いと思いながら、奏佑は微笑んで言った。

「君はいかにも男慣れしてなくて、恋愛初心者だって丸わかりだ。だからいきなり距離を詰める気はないけど、一乃ちゃんは俺のこと、どう思ってる？」

突然の問いかけに、一乃がしどろもどろに答える。

「あの……青柳さんはすごいショコラティエで、気遣いが素晴らしいと思います。それに、見た目も恰好いいですし」

「もっと俺のことをよく知って、その上でいいと思ったら、つきあう可能性はある？」

彼女はじわりと顔を赤らめ、ひどく狼狽した。

「そんな、わたしは田舎から出てきたばかりのお上りさんなので、全然青柳さんに釣り合ってないです。もっと他に、ふさわしい方がいると思います。……それにわたしたち、まだ知り合って間もないですし」

「俺は一乃ちゃんがいいんだ。君の物慣れない様子はとても純粋に見えるし、こうして会ってても楽しい」

そのときふと奏佑は一乃の拒絶の理由に思い当たり、真剣な眼差しになって言った。

「もしかして、俺の女性関係を気にしてる？　嘘《うそ》をつきたくないから正直に言うけど、今までの俺は仕事が第一で、あまり恋愛に価値を見出せずにきた。それでも言い寄ってくる女の子には、最初に『俺は恋愛する気がないから、一般的な彼氏彼女の関係を求められても応じられない。それでもいい？』って聞いた上でつきあってた。要は友達の延長線上に男女の行為があるような、そんな割り切ったつきあいだ」

「………」

彼女が顔をこわばらせる。

当然だ——と奏佑は思った。恋愛経験のない一乃には、きっと自分はひどく不誠実な人間に見えているに違いない。それでも、小手先の嘘で誤魔化したくない奏佑は、彼女を見つめて言葉を続けた。

「そういうつきあい方をした結果、あんな事件を起こしてしまったのは、すべて俺の不誠実さが原因だ。彼女をああした行動に駆り立てたことも、それに一乃ちゃんを巻き込んでしまったことも、心から申し訳なく思ってる。これまで俺とつきあう相手は自分の考えに納得してくれていると思ってたけど、たぶん人の気持ちって理屈だけで説明できるものではなくて、俺はそういう部分を汲《く》み取る力が欠けていたんだろうな。もしかしたら一乃ちゃんにはふさわしくない、汚れた人間なのかもしれない」

一乃は困惑をにじませた顔で、押し黙っている。そんな彼女を見つめ、奏佑は真摯に告げた。

「でもチャンスをくれるなら、君に対して誠実になると誓う。これからの言動や人となりを見て、もしＯＫできる水準になったら、俺を一乃ちゃんの恋人にしてもらえないかな。――君に好かれるように、努力するから」

＊　＊　＊

店内はほどほどの混み具合で、ざわめきに満ちている。

カウンターには自分たちの他にサラリーマンの客が二人座っており、板前と談笑していた。一乃は隣に座る奏佑を、言葉もなく見つめた。

（青柳さん、わたしの恋人になりたいって――本当に？）

一乃から見た彼は才能溢《あふ》れるショコラティエで、店は成功しており、おまけに誰が見ても端整だと思う容姿の持ち主だ。

初めて会ったときに男女間のトラブルに巻き込まれ、しかもそのときの女性は「奏佑が会ってる相手、一人や二人じゃないよね？」と言っていて、女性にもてる人なのは充分予想していた。

（……でも）

実際に彼の口から、「友達の延長線上に男女の行為があるような、割り切ったつきあいをしていた」と聞かされると、ショックだった。

これまで異性との交際経験がないせいか、一乃にはそういった部分に潔癖なところがある。気持ちを伴わない関係は相手も納得ずくだったというが、このあいだの菜摘のように本気になってしまった女性は、きっと苦しい思いをしたに違いない。

そう考えれば、奏佑のような男は一乃の手に余る相手だといえる。女性慣れした彼に釣り合うのは自分のように地味な女ではなく、もっと都会的で恋愛経験値の高い女性だ。

一乃は隣に座る奏佑を、じっと見つめた。

（わたし――）

田舎から出てきたばかりの一乃の心には、「自分は都会にそぐわない」という劣等感がある。

高層ビルときらびやかなネオン、忙しそうに街を行き交うたくさんの人々、乗り換えが複雑な公共交通機関やおしゃれな店など、今まで馴染《なじ》みがなかったものに気後れする気持ちは、まだ拭えていない。

こちらに来て一番最初に関わりを持った奏佑は、ある意味その象徴だ。容姿端麗なだけではなく、その才能で自身の店を成功させていて、いかにも世慣れた風情がある。

そんな彼は何の気の迷いか「つきあってほしい」と言い出したものの、おそらく一乃は断るべきなのだろう。少なくとも、姉の由紀乃は反対するのが目に見えている。

しかし一乃は、先ほどの奏佑の真剣な眼差しと言葉に心をつかまれていた。わざわざ言いにくい女性関係を自分から申告し、その上で「チャンスが欲しい」と発言した態度は、とても誠実に映っていた。

（わたし、簡単すぎるかな。……こんなにあっさり青柳さんを信じてしまうなんて）

過去はさておき、奏佑は最初から一貫して優しく、彼との交流は知人がいない環境で一乃の大きな慰めとなった。もしこの場で奏佑の申し出を断り、彼の店にも行けなくなってしまうのは、とても寂しい気がする。

一乃は言葉を選びながら、口を開いた。

「あの――先ほどの青柳さんのお話は、正直言ってショックでした。わたしにはそんなふうに割り切ったおつきあいはできないと思いますし、それで傷ついた人がいるなら、やはり反省すべき点はあるんだと思います」

「……うん」

「でもわたしから見た青柳さんは、とても優しい人です。トラブルに巻き込んだことに対する謝罪は充分すぎるほどでしたし、何度もスイーツをご馳走《ちそう》してくれたり、面接の応援をしてくれたり、通話アプリでやり取りするのも楽しくて……こちらの知り合いが姉くらいしかいないわたしには、すごく心温まるものでした」

一乃は自分の隣の席に置かれた紙袋の中の花束を見やりながら、つぶやくように言う。

「こうして『就職のお祝いに』ってお花をくれて、素敵なお店に連れてきてくれたのも、本当にうれしかったです。だから……さっきのお話を聞いても、すぐに嫌いにはなれません」

それを聞いた奏佑が、何ともいえない表情になった。

いつも余裕がある彼のそんな顔を見るのが初めてで、一乃は焦りをおぼえつつ付け足す。

「わたしが青柳さんに釣り合う人間だとは、やっぱりどうしても思えません。でも、このまま縁が切れてしまうのは寂しいんです。こんな言い方は、狡《ずる》いのかもしれませんけど……これがわたしの本音です」

「いや、狡くなんてないよ。むしろ『縁が切れるのは寂しい』って言ってくれて、うれしい。俺も同じ気持ちだから」

奏佑が微笑み、甘さをにじませた瞳でこちらを見つめた。

「じゃあ、これからも会ってもらえるかな。君の中での俺の評価が上がるように、努力したいから」

「えっと……それは構わないんですけど、あまりお金を使うようなのは遠慮したいんです。一方的にしてもらうばかりなのは、違うと思うので」

「善処するよ」

その後は黒毛和牛の炭火焼きや鱧《はも》とゴボウの炊き込みご飯、梨のシャーベットなどに舌鼓を打ち、店の外に出る。

外はぐんと気温が下がっていて、ひんやりした夜気が酒で火照った頬に心地よかった。

午後十時の駅周辺はまだ車の行き来が多く、連れ立って歩くサラリーマンやOLの姿などが目立つ。

奏佑が「アパートまで送るよ」と言い、一緒にタクシーに乗り込んだ。走り出した車内で、一乃は彼に問いかける。

「青柳さんのお住まいって、お店の近くなんですか？」

「自宅は大通のマンションだよ。結構夜遅くまで残って作業したりするから、店の奥に仮眠スペースを作ってて、そこで寝るときも多いけど。朝も早いし、どっちかというと自宅より店にいるね」

「そんなに早いんですか？」

「店の開店までに、ある程度の商品を作らなきゃならないから。俺はだいたい、朝の五時半には店にいるかな。他の二人のパティシエは六時過ぎとか」

「五時半……」

予想外の時間に、一乃は思わず絶句する。

奏佑いわく、クリスマスやバレンタインなどのイベントのときは毎日深夜まで製作に追われ、目が回るような忙しさらしい。

（パティシエって、思ったよりハードワークなんだな……）

タクシーで十分ほど走り、自宅アパートの前に着く。

精算を終えて一緒に降りた彼を一乃が不思議に思っていると、奏佑が建物を見上げながら言った。

「お姉さんは、お家にいるかな」

「あ、はい。もう帰ってると思いますけど……」

外から見える部屋の窓には、電気が点いている。すると彼が「ご挨拶したい」と言い出し、一乃は慌てて首を横に振った。

「そんな、いいです。青柳さんだってお忙しいんですし」

しかし彼は聞かず、外階段を共に二階まで上がった。仕方なく一乃は玄関の鍵を開け、中に向かって声をかける。

「ただいま。お姉ちゃん、ちょっといい？」

すぐに居間のドアが開き、スウェットにパーカーという部屋着姿の由紀乃が顔を出した。

「何なの、帰ってくるなり大きな声出して、……」

玄関に奏佑がいるのを見た彼女が、驚いた顔で口をつぐんだ。一乃は彼を紹介する。

「こちら、ショコラティエの青柳さん。今日はわたしの就職祝いをしてくれたんだけど、お姉ちゃんに挨拶がしたいって……」

「初めまして、青柳奏佑と申します。夜分遅くに申し訳ありません」

奏佑が折り目正しく頭を下げ、言葉を続ける。

「既にお聞き及びだとは思いますが、先日こちらのトラブルに一乃さんを巻き込んでしまい、髪を切られる事態になりました。お姉さんにはご心配、ご迷惑をおかりし、大変申し訳なく思っております。一度きちんとお詫《わ》びするべきだと思い、このような時間ですがお伺いさせていただきました」

「あ、いえ、そんな」

由紀乃は目を白黒させ、小さく答えた。

「妹には、充分お詫びをしてくださったと聞いています。それに私にまでお気遣いいただいて……。ですからもう、お気になさらないでください」

それを聞いた彼が、かすかに微笑んだ。

「ありがとうございます。では、これで失礼させていただきます。……一乃ちゃん、またね」

「あっ、はい。ありがとうございました」

奏佑が帰っていき、一乃は外階段を下りていく様子を呆然《ぼうぜん》と見送る。

玄関に入って鍵を閉めると、由紀乃が興奮気味に言った。

「もう、びっくりしたよー、いきなり来るんだもん。私、こんな部屋着姿だったのに」

「ご、ごめんなさい。わたしもいきなり『ご挨拶したい』って言われて、断りきれなくて」

彼女は「それにしても」とため息をついた。

「すっごいイケメンだったねー。背がすらっと高くて、顔も整ってて。あんた、何であの人と食事なんて行ってるの？　てっきり新しい職場の人とだと思ってた」

「あ、えっと……わたしが就職活動をしてるのをあの人が知ってて、『就職先が決まった』って言ったら、お祝いしてくれることになったの。花束をくれた上、割烹料理までご馳走になっちゃった」

由紀乃には「今日は帰りが遅くなるから、夕食はいらない」と連絡しただけだった。

彼女は少し考え、気がかりそうに言った。

「あのさ、あんまりあの人には深入りしないほうがいいよ。あそこまでハイスペックな男、他の女が放っておかないだろうし」

「えっ……」

「さっきはすごく礼儀正しく見えたけど、やっぱうちらみたいな庶民には釣り合わないって。お詫びなら充分してもらったんだから、もういいでしょ」

「……そうだね」

やはり由紀乃は否定的な意見で、一乃は先ほど奏佑に告白された事実を言い出せなくなってしまった。

彼のこれまでの女性関係を知れば、姉が反対するのは間違いない。それが世間知らずな妹を心配するがゆえなのは理解しつつも、一乃は奏佑との関わりを断ち切るという決断ができなかった。

（お姉ちゃんには……青柳さんに「恋人にしてほしい」って言われたの、しばらく黙ってたほうがいいかな。さすがにこのあと二人が顔を合わせる機会はないだろうし）

後ろめたさの中にかすかなときめきがあり、それが一乃を戸惑わせる。

自分は今後、奏佑とどうなっていくのだろう。そんなことを考えながらシャワーを浴びるべく浴室に入り、一乃は小さく息をついた。

第五章

十月に入ると気温がぐんと下がり、街路樹が緑から黄色のグラデーションになっている。吹き抜ける風に道路に落ちた枯れ葉がカサカサ音を立てながら転がっていき、どこかうら寂しい様相を呈していた。金曜日の午後、奏佑は店のカフェスペースの一角で雑誌の取材インタビューを受けていた。

「――青柳さんは製菓学校を卒業されてからすぐ渡仏されたそうですが、語学などはどうされていたんですか？」

二十代後半とおぼしき女性編集者がそう尋ねる傍ら、カメラマンが奏佑の写真を撮っている。奏佑は目の前の編集者を見つめ、いつもどおりの顔で答えた。

「こちらの製菓学校に通っているときからフランス語は勉強していましたが、渡仏してまずは三ヵ月間、現地の語学学校に通いました。その後はCaf《セーファー》と呼ばれる十四歳から入学できる職業訓練校に一年間通いましたが、そこには学校で学びながら、実力があれば地元の店で働けるというプログラムがあるんです。最初に働いた店では十四歳の子と同じ仕事をさせられて、悔しい思いをしました」

――その後はインターンとしてフランス国内のパティスリーを一年ずつ転々とし、技術を学んだ。

ときおりビザの関係で日本に戻りつつ五年間研鑽《けんさん》を積み、最後に勤めた店でショコラを専門に担当した。

「その店が〝サロン・デュ・ショコラ〟で金賞を獲ったんです。レシピはシェフが考えたものでしたが、僕は製作に携わっていたので、合作者《コラボレーター》として賞をもらいました」

〝サロン・デュ・ショコラ〟は毎年十月にパリで行われ、現在は世界各地で開催されている、有名なショコラの祭典だ。

審査員はショコラ好きのフランス人のシェフや弁護士などで、彼らは応募された何千という作品の中から良いものを選ぶ。間接的にとはいえその賞をもらったこと、そしてフランス国内のいくつかのコンクールで優勝したことは奏佑にとっていい箔《はく》付《づ》けとなり、日本に帰国してからは代官山にある有名なショコラトリーで修業できることになった。

そこを二年前に退職し、地元に戻ってBoite《ボワット》 a《ア》 bijoux《ビジュー》 secret《セクレ》をオープンして、今に至る。

鈴木《すずき》と名乗った編集者が、手元の資料を見ながら言った。

「青柳シェフは最近、ファッションショーのバックステージ用のチョコレート製作を依頼されたりと、活躍の幅を広げていらっしゃいます。ショコラティエとして、ファッションにインスパイアされることはありますか？」

「そうですね。ファッションショーはモデルさんが独創的な服を身に纏《まと》って音楽と一緒に出てきますが、デザイナーとショコラティエは、素材をどう見せるか、どう演出して仕上げるかという部分で似ていると思うんです。ビビッドなカラーや繊細なディテールなどを目にすると、創作意欲を刺激されます」

鈴木が頷《うなず》き、言葉を続ける。

「焼き菓子《ガトー》、皿盛りデザート《アシェットデセール》、大型装飾菓子《ピエスモンテ》など、さまざまな表現方法でスイーツを作ってらっしゃる青柳シェフですが、もっとも力を入れているのはボンボンショコラだとお伺いしました。気をつけていることは何でしょうか」

「温度管理と鮮度を保つことです。ショコラは本当に繊細で、仕上げのときの温度と湿度の管理をしっかりしなければ、美味しいものは作れません。お客さまに提供するときの温度管理も重要です」

また、暑い時季と寒い時季では客の味の好みが変わるため、同じ商品でも季節によってカカオのパーセンテージを変えたり、夏場は保存状態を良くするために少ししか作らないようにしている。

そんな奏佑の答えを聞いた彼女が「なるほど」とつぶやき、手元のレコーダーを止めて笑顔になった。

「インタビューは以上です。店内や厨房《ちゅうぼう》の写真を撮らせていただいてもよろしいですか？」

「ええ。どうぞ」

カメラマンがあちこちでシャッターを切り、厨房で作業する成瀬と堀の写真も撮る。その様子を眺めていると、鈴木が隣で口を開いた。

「本当に都会的で洗練されたお店ですが、青柳さんご本人も素敵ですね。私は仕事であちこちのお店に取材させていただくんですけど、カメラ映えでいえば青柳さんが一番です。すらっと背が高くて、お顔立ちも整っていて、ＳＮＳで〝イケメンショコラティエ〟って騒がれているのも素直に納得っていうか」

「いえ、とんでもないです」

「今日はこのあと、何かご予定はありますか？　お近づきの印に、お食事などご一緒にいかがでしょう」

　誘いをかけてくる彼女に対し、奏佑は穏やかに答える。

「すみません、お誘いは大変うれしいのですが、残念ながらこのあとは忙しくて」

「では、別の日ならどうですか？　私のほうで青柳さんに合わせますから」

　グイグイと積極的に迫ってくる鈴木は、かなりの肉食系のようだ。奏佑はニッコリ笑って言った。

「もし時間ができたら、僕のほうから鈴木さんをお誘いしますよ」

　カメラマンが撮影を終え、撤収作業に入る。記事が完成するスケジュールなどを説明したあと、鈴木が微笑んだ。

「では青柳さん、ご連絡お待ちしてますね。絶対ですよ」

「はい。お疲れさまでした」

ニコニコして外まで二人を見送った奏佑は、小さく息をついて店に戻る。厨房に入ると、カウンターのほうから谷本が顔を出して言った。

「すごい、青柳さん狙いなのを隠さなかったですねー、あの編集者さん。すぐ傍に私たちもいるのに」

「結構美人でしたよね。あちらもその気なんですし、お誘いしたほうがいいんじゃないですか？　食事に」

真鍋の言葉に、奏佑はさらりと答える。

「誘わないよ。さっき『こっちから誘う』って言ったのは、社交辞令だから」

「でも青柳さん、前はこういうとき、すぐに連絡取ってませんでした？」

「今の俺は、すっかり心を入れ替えたんだ。もうそういうのは卒業したの」

――嘘《うそ》ではない。

一乃の就職祝いの席で、奏佑は彼女に「恋人にしてもらえないか」と迫った。一乃はこちらの過去の女性遍歴、そして出会って日が浅いことを理由にすぐ頷きはしなかったものの、繋《つな》がりを断つことはしなかった。

それはすなわち、こちらが努力する余地を残してくれたということだ。あれから約一ヵ月、奏佑は彼女の信頼を勝ち得るべく努力してきた。

まずは最近懇意にしていた女性に連絡を取り、丁寧に謝罪した上で円満に関係を解消した。そして一乃にまめにメッセージを送り、食事やデートに誘った。

もちろん会っても手は出さず、至ってプラトニックなつきあいだ。彼女はこちらの誘いをほとんど断ることはなく、休みの日のドライブやカフェ巡りなどに応じてくれた。

会う回数が増すごとに打ち解け、屈託ない笑顔を見せてくれるようになった一乃が、奏佑は可愛くて仕方がない。彼女の服装には派手さがまったくなく、化粧は最低限のポイントメイクだが、肌のきれいさと可憐《かれん》な容貌を引き立てている。

知り合うきっかけとなった髪は、艶があって美しい。おそらく素材自体がいいため、過剰に飾り立てなくても充分可愛らしいのだろう。そんな一乃を気に入っている奏佑だったが、ふと「彼女が着飾ったら、一体どんな感じだろう」と考えた。

（たぶん、かなり人目を引く感じになると思うんだけどな。パーツが整ってて、脚もきれいだし）

明日の仕込みをしながら、奏佑はこのあとの時間に思いを馳《は》せる。鈴木に「予定がある」と言ったのは嘘ではなく、仕事が終わったあと一乃と会うことになっていた。

彼女を女性として意識した奏佑は「できるだけ誠実に向き合おう」と心に決め、今は信頼されるために実績を積んでいる段階だ。高層ビルのない海辺の田舎町で育ったという一乃を楽しませるべく、奏佑はさまざまなジャンルの飲食店に連れていったり、夜景のきれいなバーで飲んだり、映画や美術館に出掛けたりと、趣向を凝らしている。

そのたびに経験のない彼女は目を輝かせ、ときに気後れする様子を見せていた。デートの際はこちらがすべて支払いをしているものの、毎回とても恐縮し、過剰なほどに礼を言ってくる。

そんな一乃の控えめな性格、謙虚さを好ましく思っているが、ふいに「彼女も他の女と同じかもしれない」という考えが頭をよぎった。

(今でこそ謙虚に礼を言ってくるけど、いつかは一乃ちゃんも〝されて当たり前〟みたいな態度を取るかもな。……今までつきあってきた相手みたいに)

ある意味それが当然だと、奏佑は思う。

元々裕福な家庭で生まれ育った奏佑は、現在はメディアに取り上げられているショコラティエであり、店が繁盛していて、それなりの金と女受けのいい容姿を持っている。そんな自分に近寄ってくる異性の目的は、華やかなデートや高価なプレゼント、そしてそれを優先的に享受できる〝恋人〟の地位だ。そうと知りつつも、奏佑は「気持ちがなくてもいいなら」という条件をのんでくれる相手とのみ、割り切った関係を続けてきた。

その理由を考え、奏佑は目を伏せる。

(俺はたぶん、根本的に女性を信用していない。……彼女たちがとことん利己的になれる生き物だって、わかってるから)

根深い女性不信を抱くきっかけは、中学二年生の頃まで遡る。

その事件以降、しばらく女嫌いになっていた奏佑だったが、高校に入学したくらいから告白されることが増え、「ギブアンドテイクなら構わないか」と思うようになった。

彼女たちが求めるとおりに優しく接し、その代わりに一時の快楽を味わう。初めてつきあった相手に「奏佑って、私のことそんなに好きじゃないよね」と言われて振られてから は学習し、最初に「俺、恋愛感情とか抱けないかも」とちゃんと断りを入れるようになった。

そうして刹那的な交際を繰り返してきたところにふいに現れたのが、一乃だ。彼女の純朴さ、素直さはこれまでになく新鮮で、気がつけば「また会いたい」と思うようになっていた。

今、奏佑の中には、「一乃だけは違う」と信じたい気持ちと、「たとえ他の女性のようになっても、彼女なら許せるのではないか」という思いがせめぎ合っている。一方で、こちらの過去を知っても会い続けてくれる一乃に対し、こんなふうに考えてしまう罪悪感も抱いていた。

(何だろうな、俺。……全然駄目だな)

もしかすると彼女には自分のような男ではなく、もっと誠実な人間のほうがふさわしいのかもしれない。

だが顔を合わせれば一乃の柔らかな雰囲気に癒され、手放すという決断ができなくなってしまう。こんなふうに優柔不断になるのは初めてで、奏佑は戸惑いを深めていた。

その後、店の営業を終えて後片づけをした奏佑は、タクシーで待ち合わせ場所の駅に向かう。もうすっかり定位置になった南口の一角に、仕事帰りの一乃が立っていた。

「一乃ちゃん、お疲れ」

「……青柳さん、こんばんは」

　こちらを見た彼女が、はにかんだように笑う。相変わらず花のように可憐な姿を前に、奏佑は微笑んだ。

「今日は結構寒いね。今度から待ち合わせのときは、建物の中に入って待ってて。君が風邪をひいたら困る」

「ありがとうございます。でも、『青柳さんが乗ってるのはあのタクシーかな』とか考えて待つのも、楽しいので」

　彼女はベージュのトレンチコートを着ていて、ほっそりした首に華奢《きゃしゃ》なデザインのネックレスが光っている。それを見て奏佑は言った。

「それ、先週俺がプレゼントしたネックレス？　よく似合ってる」

「あ、はい。……せっかくいただいたので、着けてみました」

　一週間前に会ったとき、奏佑は一乃にアクセサリーをプレゼントした。

　彼女はいつも飾り気がなく、「そういえば、装飾品を着けているところを見たことがないな」と思ったからだったが、一乃はひどく恐縮して受け取らせるのに苦労した。

　こうしてみると、やはり似合っている。「自分の見立ては確かだった」と悦に入る奏佑の前で、彼女は「あの」と言いよどんだ。

「こんなに素敵なものを、ありがとうございました。誕生日でもないのに……何とお礼を申し上げていいか」

「このあいだ充分言ってもらったから、もういいよ」

「いえ、とんでもないです。あれからどうやってお返ししたらいいかなって、ずっと考えていたんですけど」

一乃は小さな紙袋を持っていて、それをバッグの後ろに隠すようにしながら言う。

「実は青柳さんに、マフラーを編んだんです。これから寒くなりますし、外出するときに着けたらいいかなって……。でもよく考えたら青柳さんはいつもおしゃれですし、手編みのものをもらっても困りますよね。わたし、ちゃんとしたブランドのお店で買えばよかったのに、そういう考えが全然思い浮かばなくて」

彼女はここで奏佑を待っているあいだ、道行く人々を見てふいにそう思い至ったという。

顔を上げた一乃が、精一杯明るい表情で言った。

「だからこれから、百貨店の中のお店を一緒に見にいきませんか？　青柳さんの好みのものを、わたしがプレゼントしますから」

それを聞いた奏佑は、紙袋を見つめて問いかける。

「一乃ちゃんが編んだマフラー、その紙袋に入ってるの？」

「あ、……はい」

「見せて」

彼女が逡巡《しゅんじゅん》し、渋々といった体《てい》で紙袋からマフラーを取り出す。それを見た奏佑は、予想以上の出来栄えに目を瞠《みは》った。

「すごいね、まるで既製品みたいだ」

濃いグレーのそれはアラン模様の厚地のもので、手編みとはとても思えないクォリティだ。

表面の縄模様は真ん中が一番太く、その両サイドは編み方を変えた幾分細いもので、とても凝ったデザインになっている。編み目は整然としていて美しく、売っているものと比べてもまったく遜色ない。奏佑は感心してつぶやいた。

「こんなにしっかりしたものをこれだけの長さで編むの、時間がかかったんじゃない？」

「会社のお昼休みや、自宅でコツコツやって……昨日やっと完成しました」

「売ってるものより、俺は断然これが欲しいよ。君が一生懸命編んでくれたと思うと、すごくうれしい」

それを聞いた一乃が、驚いた顔で言った。

「……本当ですか？」

「うん。色もデザインも、この厚みもいい。どんなアウターにも合いそうだ」

手編みのマフラーをもらった奏佑は、心が浮き立つのを感じる。

先ほど言った言葉に嘘はなく、彼女の気持ちがこもっているものだと思うと、うれしかった。すると一乃が、ホッとしたように微笑む。

「気に入っていただけて、よかったです。実は青柳さんを待っているあいだ、たまたまスマホで〝手作りのものをプレゼントにもらうのは、気が重い〟っていう記事を読んでしまって。まさにわたし自身が当て嵌《は》まると感じて、焦っていたんです」

「俺個人としては、全然アリだよ。既製品にはそれぞれ良さがあるけど、手作りのものには作ってくれた人の時間や愛情がこめられてる。だからもらうとうれしい」

「そうですか？」

「だって俺はショコラティエだから。手間暇をかける大変さは、よくわかってる」

彼女は「そういえば、そうですよね」と言って笑う。

（……いい子だな）

一乃の笑顔がじんわりと心に染み入り、奏佑は気持ちをつかまれるのを感じる。

やはり自分は、彼女に強く惹《ひ》かれている。屈託のない笑顔を見せてくれるとうれしく、こうして手編みのマフラーをもらって学生のように浮き立っている。これが〝恋〟でなくて、一体何だろう。

（俺が誰かに対して、こんなふうに思うなんてな。……もう二度とないかもしれない）

奏佑はもらったマフラーを、自身の首に巻く。そして一乃を見下ろし、想いを込めて告げた。

「ありがとう。……一乃ちゃんからのプレゼント、大事に使わせてもらうから」

＊　　＊　　＊

自分が編んだマフラーを、奏佑が首に巻いて微笑む。それを見た一乃は、心に安堵《あんど》が広がるのを感じた。

(気に入ってもらえてよかった。……もしかしたら「重い」って思われるかもしれないって、覚悟してたから)

こうして外で会うようになって一ヵ月近くが経つが、彼は一貫して優しい。

最初にこれまでの女性とのつきあい方を聞いたときは、ショックを受けた。姉の由紀乃にも「あまり深入りしないほうがいい」と忠告されていたものの、一乃の中には誠実になると誓ってくれた奏佑を信じたい気持ちがあった。

一乃の目から見た奏佑は、本当にまめだ。毎日しつこくならない程度のメッセージをくれ、週に二、三回会うときは、一乃がこれまで行ったことがないようなお店に連れていってくれる。

おまけに一週間前には、「これ、一乃ちゃんに似合うと思って」と、ネックレスをプレゼントしてくれた。ビロードの箱に入ったそれはプラチナの地金に小さなダイヤモンドが付いたシンプルなネックレスで、とても可愛らしい。

突然のプレゼントにびっくりし、「受け取れません」と固辞した一乃だったが、彼は事も無げに言った。

『君のために買ったものだから、受け取ってもらえないなら返品しなきゃいけなくなる。それって男として、かなり恥ずかしいんだけど』

そう言われると断れず、渋々受け取る羽目になった。

もらった翌日に早速会社に着けていくと、たまたま顔を合わせたジュエリーデザイナーの江木《えぎ》彩子《さいこ》が目ざとく見つけて「あら」と言った。

『それ、〝gentile《ジェンティーレ》〟のネックレスよね。秋冬の新作』

『えっ』

江木いわく、gentileは日本のジュエリーブランドで、バイヤーが海外で買い付けてきた宝石を鑑定士が選別し、一定の基準を満たしたもののみを使ってジュエリーを作っているのだという。

ネックレスのチャームはシンプルでありつつ、石の美しさを最大限に引き出すデザインらしい。

『ざっと見るかぎり、カラーはG、クラリティはSIクラス、Goodカットだから、すごくいい品よ。彼氏にもらったの？』

『あの……』

『lupus《うち》にもいい商品があるから、次に何かおねだりするときは宣伝しておいてね。ちなみに大石さんが買うなら、社割も利くから』

茶目っ気たっぷりにそう言われ、一乃は「かなり高価なものをもらってしまったのではないか」と思い、ひどく恐縮してしまった。

しかし今さら、返せない。ならば手編みのマフラーを贈るのはどうかと考え、一週間かけてせっせと編み上げたものの、奏佑と会う直前になって躊躇《ためら》いがこみ上げた。

「渡さないほうがいいのではないか」と葛藤していたが、結果的に彼は気に入ってくれたようで、安心する。先ほどの本当にうれしそうな顔を思い出し、一乃の胸がきゅうっとした。

(青柳さんが喜んでるの、演技には見えなかった。メディアにも出て成功してる人なのに、手編みのマフラーを受け取ってくれるなんて)

奏佑は紳士的で、どこにでもスマートにエスコートし、話題も豊富なため一緒にいて退屈しない。「誠実であると誓う」と言ったとおり、下心を感じるような行動は一切なかった。それでいて言葉や態度でこちらを甘やかし、まるでお姫さまのように扱ってくれる。

そうされるうち、一乃の中にじわじわと確信がこみ上げた。

(この人は——本当にわたしのことが好きなんだ。……恋人になりたいくらいに)

自分のような田舎娘の一体どこに惹かれる部分があるのか、一乃には見当もつかない。だが王子めいた端正な容姿の彼に大切にされるのは、決して悪い気分ではなかった。むしろ心地いいと感じてしまう最近の自分に、一乃は戸惑っている。

(わたしは青柳さんのことが、嫌いじゃない。ううん、こうして何度も会ってしまうくらいには、心惹かれているのかも。……でも)

踏み出すことができないのは、自信がないからだろうか。

華やかで才能ある奏佑に比べ、一乃は何の取り柄もない平凡な人間だ。そんな自分は、彼の隣に立つにはふさわしくない。彼と接するたびにそうした劣等感に似た思いに苛まれて、一乃はどうしたらいいかわからなくなっていた。

「青柳さん、今日は一体どこに……」

タクシー乗り場に向かいながら問いかけると、奏佑が答える。

「今日はイタリアン。すすきのに近い大通エリアだから、すぐ着くよ」

彼の言うとおり、時間的に道は混んでいたものの、駅前通りを真っすぐ進んで十分もかからずに目的地に到着した。

ビルの一階にあるその店は、全席窓際の落ち着いた雰囲気だ。店内を興味深く見回した一乃に、彼が問いかけてきた。

「何飲む？　一乃ちゃんは甘めがいいかな」

「はい」

一乃は自家製リモンチェッロとフランボワーズのソーダ、奏佑は辛口のスパークリングワインで乾杯する。

料理はスモークした真蛸《まだこ》のマリネやサルシッチャ、金目鯛《きんめだい》の香草焼き、旬野菜のバーニャカウダなどを注文した。白レバーのパテを塗った薄切りのバゲットを差し出され、一乃は礼を述べる。

「ありがとうございます」

受け取った瞬間、彼と指が触れ合ってしまい、ドキリとする。

指の長い手はとても繊細で、あれほどまでに美しいスイーツを作り出しているのが素直に納得できる気がした。一乃は奏佑の手を見つめながらつぶやく。

「青柳さんの手って、きれいですよね。指が長くて、筋張っているのもどこか芸術的で」

「そう？　一乃ちゃんの手は、小さくて可愛いね。指が細いから、リングのサイズが小さそうだ」

「指輪は買ったことがないので、サイズとかはわからないです」

「ちょっと触らせて」

おもむろに手をつかまれ、指に触れられる。

指の根元から先端にかけてなぞられた途端、ふいにゾクッとした感覚が走って、一乃は息を詰めた。するとこちらを見つめた彼が、微笑んで言う。

「やっぱり細い。――色が白くて、指輪が似合いそうなきれいな手だ」

「……っ」

どこか色めいたものを感じさせる眼差しを向けられ、一乃の頬がじわじわと赤らんでいく。

奏佑の手の硬い感触、その体温を意識し、どうしたらいいかわからない。そのとき店員が料理を運んできて、彼が手を離した。

「お待たせいたしました。道産帆立のレアグリル、キャビア載せです」

「美味しそうだよ、一乃ちゃん。食べよう」

思わせぶりな雰囲気が一気に払拭され、一乃はホッとしながらカトラリーを手に取る。そして「今日は雑誌の取材を受けた」という話を聞き、感心しながらつぶやいた。

「お店は今でも充分人気店なのに、そういうものに記事が掲載されると、ますますお客さんが増えそうですね」

「うん。店はSNSでもこまめに宣伝してるけど、雑誌に載ると反響が大きい。プロのカメラマンの撮る写真がきれいだし、紹介された商品も飛ぶように売れるんだ」

奏佑に勧められ、一乃は甘口のスプマンテや桃の香りがするスパークリングワインを頼む。

次第にふんわりとした酔いを感じていると、やがて彼がメニューを見ながら「ドルチェを頼もう」と言い出し、思わず笑ってしまった。

「こういうところでデザートを頼むのって、やっぱり青柳さんがショコラティエだからですか？」

「俺はガトーやデセールも作るからね。よその店のものは、やっぱり興味があるよ」

一乃はレモンのレアチーズケーキのマチェドニア添え、奏佑はアーモンドガトーショコラのモディカ風を注文する。

モディカとはシチリアにあるチョコレートが有名な町で、素朴な味わいと溶け切れていない砂糖のジャリジャリとした食感が特徴らしい。ドルチェを味わいつつ、彼が予想するレシピの配合を聞くのは、楽しかった。やがて店の外に出た一乃は、ふいに奏佑に問いかけられる。

「一乃ちゃん、高いところは平気？」

「えっ？」

「そこのビルの屋上に、観覧車があるんだ。乗ろう」

あれよあれよという間に近くのビルに連れ込まれ、エレベーターに乗り込む。

屋上に出ると、しんと冷えた夜気が吹き抜けて髪を巻き上げた。このビルにあるのは札幌初の屋上観覧車で、一番上は地上七十八メートルに達する。四人乗りのゴンドラは暖房完備で、窓からはきらめく夜景が見下ろせ、一乃は感嘆のため息をついた。

「きれい……まるで宝石みたいです」

酔いに任せて少し陽気になっている自覚がある一乃は、ニコニコして向かいに座る彼を見た。

「わたし、実は観覧車に乗ったの初めてなんです。こんなに高いなんてびっくりですね」

「じゃあ今度は、遊園地にでも行こうか。ルスツとか」

「青柳さんは遊園地に行ったことがあるんですか？」

すると奏佑は、少し考えて答えた。

「ないかもな。よく考えたら、俺も観覧車は今日が初めてだ」

その答えがおかしくて、一乃はクスクス笑う。それを眩《まぶ》しそうに見つめた彼が言った。

「――一乃ちゃん」

た。

「俺はやっぱり、君が好きだよ」

突然そんなことを告げられ、一乃は口をつぐむ。奏佑が面映ゆそうな表情で言葉を続けた。

「今日、君からマフラーをもらって、すごくうれしかった。そうやって笑ってる顔を見てると幸せな気持ちになるし、もっといろんなことをしてあげたくなる」

「あの……もう充分していただいています。さっきもたくさんご馳走になってしまって」

「あの程度、全然何でもないよ」

一乃は心臓がドキドキしていた。

狭いゴンドラの中に二人きりで、窓からはまばゆい夜景が見える。さらに目の前に王子めいた容姿の彼がいるとくれば、この上なくロマンチックなシチュエーションだ。

奏佑がこちらから目をそらさずに言った。

「一乃ちゃんに、お願いがあるんだけど」

「な、何でしょう」

「手、もう一度触っていい？」

思いがけない申し出に面食らったものの、「手くらいならいいか」と考え、一乃はぎこちなく頷く。

するとと彼が向かいから、両手を握ってきた。

「何ですか？」

「……っ」

大きな手に包み込まれ、そのぬくもりがじんわり染み入る。

やわやわと握られるうち、次第に落ち着かない気持ちになって、一乃は居心地の悪い気分を味わった。やがて奏佑が、感心したようにつぶやく。

「さっきも思ったけど、すごく柔らかい。何でこんなに触り心地がいいんだろう」

「べ、別に……普通だと思います」

「この手に似合う指輪を買ってあげたいんだけど、今度一緒に選びに行かない？」

「……っ、駄目です」

「どうして？」

「男の人からもらう指輪は……特別です。だから生半可な気持ちで受け取るわけにはいかないんです」

断固とした口調に彼が目を丸くし、すぐに盛大に噴き出す。

「一乃ちゃんって、やっぱり古風だな。男が買ってくれるものは、何でも素直に受け取っておけばいいのに」

奏佑は面白くてたまらないというように喉奥で笑い、やがて小さく息をついて言った。

「そっか。要するに、ちゃんとつきあってる相手からじゃないと受け取る気はないってこと？」

「は、はい」

「だったら俺は、もっと頑張らなきゃいけないな」

強引に迫ることをせず、あくまでもこちらの気持ちを優先する彼の姿勢に、一乃の胸がぎゅっとする。安堵するのと同時にほんの少し残念なような気もおぼえ、そんな自分に戸惑いがこみ上げた。

（わたし……）

気づけばゴンドラは、だいぶ下のほうまで移動していた。もう少しで終着点というタイミングで、奏佑がふと思い出した顔で言う。

「そうだ。来週の金曜日、うちの店は午後五時閉店で、次の日は臨時休業になるんだ」

「臨時休業、ですか？」

「うん。市内のフレンチレストランのオーナーが俺の知り合いなんだけど、そこで行われるパーティーにうちのショコラを置いてくれることになって。立食パーティーで、ボンボンショコラの他にデセールも担当することになったから、前の日からその準備があるんだ」

金曜日に店を早仕舞いしたあと、スタッフ三人で大量のショコラとスイーツを作るのだという。

一乃が「大変だな」と考えていると、彼が思いがけないことを言った。

「そのパーティー、一乃ちゃんも行かない？」

「えっ……」

「当日は俺もゲストとして招かれてるんだ。君も同伴者として、一緒に連れて行きたいと思ってる」

一乃は驚き、しどろもどろになって答えた。

「でも、わたしはそういうところに行ったこともないですし……着ていくものもなくて」

「俺が誘ったんだから、君は何も気にしなくていいよ。大船に乗ったつもりで任せておいて」

第六章

翌週の金曜日、営業終了後の店の厨房《ちゅうぼう》は、慌ただしい雰囲気に満ちていた。

「堀くんはマンディアンとヴェネズエラ、それにオランジュと甘夏ピールのホワイトチョコレート掛けを頼む。成瀬さんはブッセとムースで」

「OKです」

「数が多いけど、仕事は丁寧にお願いします」

明日行われるのは、市内の高級フレンチレストランが主催する、ワインをテーマにしたパーティーだ。政財界を始め、飲食関係やファッション業界など、幅広いジャンルの人間が招待されているという。

デセール担当の奏佑は、濃厚なテリーヌショコラ、ライチフランボワーズジュレの上にムース・オ・ショコラを重ねたヴェリーヌ、柚子《ゆず》ジャムとガナッシュを挟んだショコラブッセ、甘夏ピールのホワイトチョコレート掛けと数種類のボンボンショコラを提供する予定だった。

まずは、テリーヌショコラの準備に取りかかる。ガトーショコラと混同されがちだが、ガトーショコラはチョコレートに卵、バターと小麦粉、ときにメレンゲなどが入る、少し気泡が入ったような食感のケーキだ。

一方のテリーヌショコラは気泡をほとんど含ませないようにねっとりと濃厚に仕立てたケーキで、メレンゲは入らない。奏佑はクーベルチュールとバターを、湯煎で溶かした。別のボウルに卵と砂糖を入れてよく混ぜ、これも湯煎にかけて人肌より少し温かい程度に温める。

これを先ほどのクーベルチュールのボウルに二回に分けて入れ、その都度泡立てないように混ぜた。そこに小麦粉をふるい入れてよく混ぜれば、生地が完成する。

そのあとはパウンド型に流し入れてアルミホイルで蓋をしたあと、熱湯を一センチ程度張った天板に並べて一六〇度のオーブンで三十分焼いた。焼き上がりは少し膨らんでいるが冷めれば落ち着き、これを冷蔵庫で一晩冷やす。

他の二人も、自分の担当の仕事を急ピッチでこなしていた。日中はホールのフォローの接客やデセールの注文が入るが、それがないため、作業がはかどる。途中で退勤したはずの真鍋が近所のデリの弁当を差し入れてくれ、午後十一時半までかかって、ようやく百人分のデセールができ上がった。

奏佑は堀と成瀬に向かって言った。

「お疲れさま、二人はもう上がって。明日は休みでいいから」

「明日の朝に仕上げをするの、一人だと大変じゃないですか？　俺、出てきてもいいですよ」

「俺も大丈夫ですけど」

二人がそう申し出てくれたものの、奏佑は笑って首を振った。

「大丈夫。せっかく店を臨時休業にしたんだし、君らはゆっくり休んで。普段は土曜日に休むなんてありえないんだからさ」

成瀬はバイク、堀は徒歩で「お先に失礼します」と言って帰っていき、一人残った奏佑は小さく息をつく。

予定していたものをすべて作り終えることができ、心底ホッとしていた。朝の五時半から出勤し、途中で打ち合わせなどもこなしながらこんな時間まで働いた身体は、指一本動かすのも億劫なほど疲れている。

明日は午前中に仕上げをし、会場に搬入してセッティングをすれば、仕事は一段落だ。帰るのが面倒になった奏佑は、厨房の電気を消して入り口のセキュリティをかけ、事務所内にあるソファに横になった。そしてスマートフォンを手に取りつつ、一乃のことを考える。

(明日、楽しみだな。ドレスを着た一乃ちゃん、一体どんな感じだろう)

着飾った彼女の姿を見てみたいと考えていた奏佑は、ふと思いついて今回のパーティーに誘った。

しかし一乃はなかなか首を縦に振らず、「そういう場に行ったことがないから」「着ていくものがないから」と断る理由を挙げた。

それを強引に説き伏せ、奏佑は数日前に彼女にパーティードレスとアクセサリー、靴をプレゼントした。明日は指定した美容室に行ってもらい、ヘアメイクをしてもらう手はずになっている。

スマートフォンを開くと、通話アプリの通知を知らせるポップアップがあった。タップして開いた奏佑は、ふと微笑む。そこには一時間前に一乃からのメッセージがあり、「お仕事お疲れさまです　明日よろしくお願いします」「おやすみなさい」とあった。

（もう日付が変わる頃だし、とっくに寝ちゃってるかな。返信だけしておこう）

奏佑は「ついさっき明日の仕込みが終わって、今日はこのまま店に泊まりです」「明日、楽しみにしてるから」と送信し、スマートフォンを閉じる。

深く息を吐いて瞼《まぶた》を閉じた瞬間、一気に眠りに引き込まれていた。早朝五時、肌寒さで目が覚めた奏佑は、こういうときに備えて置いてある洗面道具で歯を磨き、顔を洗う。

そして厨房に入り、飾り用チョコレート削り《コポー》を作り始めた。昨日のうちに作っておいたミルク・クーベルチュールとアーモンドプラリネを混ぜて固めたものを取り出し、それをピーラーで細く削っていく。

やがて山のようなコポーができ上がると、それを冷蔵庫から出したムース・オ・ショコラのヴェリーヌの上にトッピングしていった。そこに小さなチョコプレートを飾れば、ヴェリーヌは完成だ。

続いてショコラテリーヌを取り出し、型の底をガス台の火で炙《あぶ》って中身を取り出した。これは現地に行ってから切り分けてドレッセする予定でいるため、ひとつひとつラップに包んでおく。

それからボンボンショコラを検品し、ショコラブッセの数を数える。ようやくすべての準備が終わる頃には、もう昼近くになっていた。

（よし。一旦家に帰って、飯食って身支度するか）

車で約十五分の自宅マンションに戻って食事を取り、事務仕事を少ししたあと、シャワーを浴びて身支度する。

そして午後四時に再び店に行き、デセールを車に積み込んで会場となるレストランに搬入した。店の人々に交じってセッティングを終え、時刻を確認した奏佑は、一乃を迎えに待ち合わせ場所に向かう。

店から徒歩五分の駅前に佇《たたず》む彼女を見つけ、驚きに目を瞠《みは》った。

（……これは、想像以上だな）

今日の一乃は袖とデコルテ部分にレースが施された黒いドレスを着ていて、上にジャケットを羽織り、手にはクラッチバッグを持っている。

美容室でセットしたまとめ髪や、存在感のあるピアスとネックレス、清楚《せいそ》でありながらトレンド感のあるメイクがよく似合っていた。

その姿はいつもより格段に洗練されており、道行く男性の視線を引きつけている。奏佑は彼女に歩み寄り、「一乃ちゃん」と声をかけた。

「あ、青柳さん」

「すごい、見違えた。ドレスやアクセサリーを選んだのは俺だけど、ここまできれいになるのは予想外だった」

それを聞いた一乃が、どこか自信なさげに言う。

「そうでしょうか。こういう服装は着慣れてないですし、メイクも何だか濃すぎる気がして……」

「自信を持っていいよ。普段の君も可愛いけど、今日はものすごくきれいだから」

するとと彼女がチラリと視線を上げ、じんわりと頬を染めながら言う。

「青柳さんも……」

「ん？」

「今日はいつもと雰囲気が違います。スーツがよく似合ってて」

パーティーということもあり、今日の奏佑はクラス感のあるブランドスーツを着ている。先ほどまではジャケットを脱いでネクタイの端を胸ポケットに入れ、シャツの袖もまくり上げて作業していたが、ここに来る前に化粧室で身支度を整えてきた。

奏佑は一乃を見下ろし、笑って言った。

「スーツ姿を見たのは初めてだっけ。一乃ちゃんが褒めてくれるなら、着た甲斐《かい》があった」

彼女に「行こう」と促し、会場となる一軒家のレストランに向かう。

フランスの建築様式で建てられた店舗は豪奢《ごうしゃ》な邸宅といった雰囲気を漂わせ、外観からしてロマンチックだ。中は磨き上げられた大理石の床に飴色《あめいろ》の建具と金のシャンデリア、インテリアグリーンが映え、螺旋《らせん》階段や美しい中庭などが優雅さを醸し出している。

既に多くの招待客でにぎわう中、受付を済ませた奏佑は一乃からジャケットを受け取ってクロークに預けた。ワンピース姿の彼女はレースの透け感のある袖が華奢な体型を引き立て、髪をアップにした首筋に匂い立つような色香がある。そんな一乃を連れ歩くことに奏佑が優越感をおぼえていると、彼女が横で感嘆のため息をついた。

「すごい……華やかですね。お店の雰囲気もそうですけど、招待客の人たちが皆さん着飾っていて」

「いろんな業界の人が来てるみたいだ。会社経営者とか、飲食の人たちとか、ファッション関係とかも」

ときおり顔見知りの人間に声をかけられ、奏佑は挨拶を交わす。

一乃に飲み物を取ってやり、人の間を縫いながら料理のところに向かうと、彼女がパッと目を輝かせた。

「あのデザートのコーナー、青柳さんが担当したものですか？」

「うん」

「全部美味しそう……こんなに何種類もたくさんの量を作るの、きっとすごく時間がかかりましたよね。女の人たちが目を奪われるの、わかる気がします。やっぱり青柳さんの作るものは、人目を引きますから」

　確かに女性たちがデセールの前で足を止め、「美味しそう」「あとで食べよう」と話していて、評判は上々のようだ。そこで背後から「青柳」と呼びかけられ、奏佑は振り返って目を丸くした。

「……御子柴《みこしば》」

「久しぶり」

　そこにいるのは、奏佑の古い友人だった。

　現在パティシエとして活動している彼は同い年で、人好きのする整った顔立ちをしている。御子柴が微笑んで言った。

「この店の装花をうちの奥さんがずっと請け負ってて、その縁で招待されたんだ。さっきオーナーシェフの筒井《つつい》さんに聞いたけど、デセールは青柳が担当したんだって？」

「うん」

「さすが今をときめく、気鋭のショコラティエだな。早速食べてみたらどれも美味くて、思わず唸《うな》った」

「もう食べたのか？　普通、デセールは最後なのに」

「だって気になるだろ」

　そういう彼自身も実力のあるパティシエであり、フランスを始めとしたヨーロッパ諸国に留学して、いくつものコンクールで優勝した実績を持っている。

　奏佑は一乃に紹介した。

「こちら、パティシエの御子柴。俺の製菓学校時代の同期で、ジャズバーのデセールを担当したりしてたんだけど、今はフラワースタイリストの奥さんとパティスリー兼カフェを経営してる」

「初めまして、御子柴です」

「は、初めまして。大石です」

　一乃がわずかに緊張した面持ちで挨拶し、御子柴が安心させるように笑う。

「きれいな子だね。青柳の彼女？」

　彼女がドキリとした様子で肩を揺らす。それを見た奏佑は、苦笑しながら答えた。

「残念ながら、まだかな。俺は一生懸命アピールしてるんだけど」

「ふうん。青柳でも、女性相手に苦戦することがあるんだ」

　するとそこに白いシェフコートを着たオーナーの筒井がやって来て、一乃に「いらっしゃいませ」と挨拶したあとで言った。

「さっき知って驚いたんだけど、君らは友人同士なんだってな。まさか上条さんの夫である御子柴くんが青柳くんの知り合いなんて。世間は狭いもんだ」

　筒井の用件は、「あとで今日のデセール担当として、青柳くんを招待客たちに紹介してもいいか」というものだった。奏佑は一乃を振り返って言う。

「ごめん、ちょっと仕事の話をするから、好きに食べててくれる？　すぐ戻るよ」

「はい。わかりました」

＊　　＊　　＊

大きなシャンデリアが印象的な広い店内は、アンティークの調度や大理石の床が優雅な空気を醸し出し、着飾った人々が笑いさざめいている。

テーブルにはたくさんのワインとそれに合う料理が並べられていて、このあとはソムリエによるワインに関する講演もあるらしい。壁際の、人の邪魔にならない位置に立った一乃は、シャンパングラスを手に小さく息をついた。

（何だかすごいところに来ちゃった。こんなパーティーが日常的に行われてるなんて、やっぱり都会だな）

先ほど話した奏佑の友人だというパティシエも整った容姿の持ち主で、緊張した一乃はつい受け答えがしどろもどろになってしまった。

自分のような人間がいるのはひどく場違いな気がして、一乃はいたたまれなさを押し殺す。しかしドレスとアクセサリーは奏佑が見立ててくれたものであり、髪やメイクも美容室でやってもらったため、恰好《かっこう》だけはついているのだろうか。

（それにしても……）

一乃は少し離れたところで店のシェフと話している彼を見つめ、じんわりと頬を染める。

スーツ姿の奏佑はスタイルの良さが際立ち、きちんとセットした髪や手にしたワイングラスも相まって、成功した若手実業家というのも素直に頷《うなず》ける姿だった。あんなふうに涼やかな彼だが、昨日から今日の午前にかけてはずっと今回のデセールにかかりきりだったといい、あまり寝てないらしい。

疲れを見せずにスマートに振る舞う奏佑を見ていると、一乃の胸は高鳴る。そしてそんな自分に、戸惑いをおぼえていた。

(最近のわたし、いつもそう。……青柳さんを前にするとドキドキして)

今日のパーティーに参加するための装いは、頭のてっぺんからつま先まですべて奏佑が用意したものだ。何から何までお金を出されることにひどく気後れする気持ちがあるものの、一乃は彼の誘いを断れず、いつも応じてしまう。それは奏佑と一緒にいる時間が楽しく、手放し難いものだと思っているからだ。

(でも……)

——だったら彼の告白に、応じるべきではないのか。

そんな考えが頭をよぎり、そのたびに一乃は逡巡《しゅんじゅん》する。奏佑はあのとおり、とても洗練された男性だ。ショコラティエとしての才能もあり、それを買われてこうして華やかなパーティーのデセールを担当したりもしている。

そんな彼と自分が、はたして釣り合うのだろうか。これまでまったく恋愛経験のない自分が、あんなに女慣れした男性の恋人になれるとは思えない。そんな思いに苛まれ、いつまでも結論を出せずにいた。

（でも、そろそろちゃんと考えるべきなのかもしれない。……青柳さんとこの先どういうつきあいをするのか）

奏佑はこちらに見返りを求めることは一切なく、誠意を尽くしてくれている。

本当はお金をかけたプレゼントや華やかなデートは、一乃の望むものではなかった。彼がもっと庶民的なデートをしてくれたら、これほどまでに気後れしないのかもしれない。

（青柳さんが庶民的な人だったら、とっくにつきあってたってこと？　……でも才能も金銭的な余裕も、全部ひっくるめて青柳さんなんだろうし）

気持ちに折り合いをつけるのが、難しい。

そう思いながらもう一度奏佑を見ると、彼は先ほどとは別の人と話をしていた。長くなりそうだと踏んだ一乃は、一人で料理を取りに行く。

真鯛《まだい》のポワレには茗荷《みょうが》が載っており、柚子胡椒《ゆずこしょう》の香りが和の雰囲気だった。それに添えられた柳蛸《やなぎだこ》のリゾットは蛸がプリッとして柔らかく、とても美味しい。他にも、ポロネギとタラバ蟹《がに》のサラダ仕立てや無花果を挟んだフォアグラのテリーヌ、ヴァンデ産仔鳩《ピジョノー》のアビヴェールなどを食べたが、どれも味は素晴らしかった。

やがて手持ち無沙汰になった一乃は、化粧室に向かう。ほんのり酒気を帯びた顔を鏡で見つめ、「あまり飲みすぎないようにしないと」と考えた。

（このパーティー、一体何時までなんだろう。青柳さんは、最後に後片づけとかあるのか

な）

だったら彼を煩わせないよう、一人で先に帰るべきだろうか。

そう思いつつ化粧室を出て、廊下を進む。するとフロアに入ってすぐの窓辺で話し込んでいる男女がチラリと見え、一乃は目を瞠った。

（青柳さんと……女の人？）

奏佑と一緒にいるのは、二十代後半とおぼしき女性だ。

紺のカシュクールドレスを着た彼女はほっそりとした体型で、適度に緩さのあるまとめ髪が色っぽい。女性が奏佑に向かって言った。

「このあいだ、あなたから突然『連絡を取るのはこれっきりにしたい』って言われたときは、驚いたわ。無様に追い縋《すが》るような真似はしたくなかったから、納得したふりをしたけど。……もしかして、今日一緒に来てる子が本命なの？」

彼女の言葉が聞こえた一乃はドキリとし、フロアの入り口で立ちすくむ。

こちらの姿が見えていない様子の奏佑が、窓の外に目を向けながら答えた。

「本命っていうか、俺が一方的に好きなだけだよ。今は実績をコツコツ積み上げてる状態」

「何の？」

「信頼、かな。彼女はまったく男慣れしてなくて、純粋な子だから」

それを聞いた女性が、複雑な表情で押し黙る。やがて彼女が、意を決した様子で口を開いた。

「今まで言わなかったけど、私――奏佑に本気だった。あなたが重い関係を望んでいなかったから、それに合わせてただけで……本当はちゃんとした恋人になりたいって思ってた。ねえ、今あの子とつきあってるわけじゃないなら、私のことを真剣に考えてくれない？　私たち、少し前まではすごく上手くいってたでしょう？　奏佑を支えられるように頑張るから」

女性はかつて奏佑と関係のあった相手で、今も彼を想っている。

そう理解した瞬間、一乃の心にぎゅっと強い痛みが走った。

「……っ」

いたたまれなくなった一乃はそっと踵《きびす》を返し、元来た道を戻る。そして再び化粧室に入り、鏡の前に立ってうつむいた。

（すごくきれいな人だった。あの人が、青柳さんと……）

彼が以前女性とどんなつきあい方をしていたのかは、既に聞いて知っている。

奏佑と関係があった女性に会うのは、これで二度目だ。一度目は菜摘というヘアメイクアーティストのアシスタントで、彼女は奏佑を想うあまりに見当違いな嫉妬をし、一乃の髪を突然鋏《はさみ》で切った。菜摘も彼と割り切った関係だったといい、あのときの一乃はただ「そうなんだ」と思っていたが、今は違う。

菜摘とさっきの女性の二人が奏佑と交際していた意味を、一乃は生々しく想像してしまう。心にこみ上げたのは、嫉妬に似た感情だった。

（わたし……）

彼が自分以外の女性を見つめ、ベッドを共にするような親密な関係だったという事実は、思いがけないほど強く一乃の心を締めつけていた。

あの指の長い大きな手が、特別な意味で彼女たちに触れたことが、苦しくて仕方ない。だが自分はそのことについて、奏佑に意見する立場にない。なぜなら、ちゃんとした〝彼女〟ではないから――。

（ああ、わたし……青柳さんのことが好きだったんだ）

こうして嫉妬に似た思いを持て余しているのは、彼に特別な感情を抱いているからだ。奏佑の王子めいた端整な顔立ち、穏やかな話し方に心惹《ひ》かれ、ショコラティエとしてのプロフェッショナルな仕事を尊敬している。恋愛に奥手なこちらの気持ちを慮り、ずっと辛抱強く待ってくれるところにも、安堵《あんど》をおぼえていた。

だが先ほどの女性が「自分を恋人にしてほしい」と迫っているのを見て、一乃はすっかり意気消沈していた。あんなにも大人っぽく美しい女性と地味な自分は、差がありすぎる。つい最近まで交際し、気心が知れている彼女に真剣に迫られたら、奏佑も心が揺らぐのではないか。そんな気がしていた。

（だとしても……仕方がない。選ぶのは青柳さんで、わたしは今まであの人の気持ちに応えなかったんだから）

ため息をつき、化粧室を出る。

廊下を歩いてパーティー会場に戻ると、中に入ってすぐ奏佑が歩み寄ってきた。

「ずっと姿が見えないから、心配した。ごめん、いろんな人に話しかけられて、一乃ちゃんを一人にしてしまって。きっと不安だったよな」

「いえ、……お料理をいただいたりしてましたから」

「ここの料理は本当に美味いから、全部食べたほうがいいよ。待ってて、少しずつ取ってくる」

「あっ、いえ。お料理じゃなく、青柳さんの作ったものが食べたいです」

すると彼が笑い、「わかった」と言って、人の中に紛れていく。

それを見送った一乃は会場内にさりげなく視線を巡らせたものの、先ほどの女性の姿はなかった。彼女との話がどうなったのかわからず、一乃はモヤモヤとした気持ちを押し殺す。奏佑が戻ってきてデセールを食べ始めてからも、落ち込みから浮上できなかった。

(せっかく連れてきてもらったパーティーなのに、こんな顔しかできないなんて。……青柳さんの邪魔にならないうちに、さっさと帰らなきゃ)

もしかしたら、このあと二人で会うのかもしれない。

そう考えると涙が出そうになり、一乃はうつむいて黙々とデセールを口に運ぶ。そんな様子を見た奏佑が、気がかりそうに言った。

「――もしかして、口に合わなかった？」

「えっ……」

「それとも飲みすぎて、具合でも悪い？　いつもはニコニコして食べてくれるのに、そんな暗い顔して」

「……っ」

一乃は皿を手に持ったままぐっと唇を引き結び、彼の顔を見つめる。

せっかく奏佑が作ってくれたものを食べているのに、美味しい顔ができない自分に嫌気が差していた。申し訳ない気持ちがこみ上げ、一乃は小さな声で答えた。

「ごめんなさい……わたし、もう帰ります」

「えっ」

「本当にごめんなさい」

彼に食べかけの皿を押しつけ、一乃は踵を返す。そして笑いさざめく人々の間を縫い、足早に会場を出た。

（わたし……最低だ。青柳さんが作ったものを、あんなふうに残してしまうなんて）

奏佑はいつも、「俺が作ってくれたものをニコニコして食べてくれる一乃ちゃんが好きだ」と言っていた。それなのにあんな形で残して出てきてしまい、自分に幻滅したかもしれない。

（でもいっそ、そうやって嫌われたほうがいいのかもしれない。そうしたら、青柳さんを諦められるから……）

「――待って！」

廊下に出たところで後ろから腕をつかまれ、一乃は驚いて振り返る。

追いかけてきた奏佑が、困惑した顔で問いかけてきた。

「どうしたの、いきなり『帰る』なんて。何か理由があるなら……」

彼は泣きそうな顔をしている一乃を見つめ、一旦口をつぐむ。そして眉をひそめて言った。

「何でそんな顔をしてるの。誰かに何か言われたりした？」

「……いえ」

「でも――」

そこでふと思い当たった様子で、奏佑がつぶやく。

「一乃ちゃん、もしかしてさっき俺が女の子と一緒にいるのを見た？」

「…………」

沈黙を肯定と受け取ったらしい奏佑が、真剣な表情になる。彼は突然一乃の腕を引き、歩き出して言った。

「ちゃんと説明する。場所を変えよう」

「でも……青柳さんは、他の方への挨拶や後片づけがあるんじゃ」

「目ぼしい人への挨拶は済ませたし、後片づけはこの店の人がしてくれるって言ってたから。むしろシェフの筒井さんには、『疲れてるだろうし、お連れさんもいるんだから、途中で帰っていいからね』って言われてる」

　奏佑は今フロアを出てくるときに、既にスタッフに声がけしてきたらしい。

　彼は一乃の手を引いて外に出ると、裏口に停めたワゴン車の鍵を開ける。奏佑が助手席のドアを開けて言った。

「仕事用の車でごめん。乗って」

「…………」

　一乃はうつむき、助手席に乗り込む。彼が運転席に乗り、エンジンをかけないまま口を開いた。

「確認したいんだけど、一乃ちゃんは俺が女の子と話してるのを見たんだよね？　内容は聞いた？」

「少し……あの、途中で立ち去ったので、すべてではないですけど。女の人が青柳さんに、『恋人になりたい』『あの子とつきあってるわけじゃないなら、私のことを真剣に考えてほしい』って言っていたのは聞こえました」

　盗み聞きをした自分が恥ずかしく、一乃の声は次第に尻すぼみになる。すると奏佑が、ため息をついて言った。

「そっか。君も察してるとおり、彼女は少し前までつきあいがあった相手だよ。商社の広報をしてる女性で、月に二回くらいの頻度で会ってた」

「…………」

「俺としては割り切ったつきあいをしてるつもりだったたし、彼女も物分かりのいい態度を取っていたから、あんなふうに思われていたのは意外だった。でもきっとこっちに気を使って、いろいろ言いたいことを我慢してたんだと思う」

一乃の胸に、ズキリと痛みが走る。

そんな相手にああして迫られて、奏佑は何とも思わなかったのだろうか。そう思う一乃の横で、彼は「でも」と言葉を続けた。

「彼女にはこれまでの身勝手な振る舞いを謝った上で、告白をはっきり断った。俺が今大切にしたいのは、一乃ちゃんだけだから」

「……っ」

一乃は膝の上の手を、ぎゅっと強く握りしめる。

真摯な口調で伝えられた気持ちに、心が揺れていた。顔を上げられずにいると、奏佑がこちらを見つめて言った。

「彼女は泣きそうな顔をしてたけど、頭を下げた俺を見て、結局『わかった』って答えた。だから今後連絡を取ることは、一切ない」

彼はそこで少し逡巡する様子を見せ、一乃を覗《のぞ》き込んで問いかけてきた。

「一乃ちゃんが急に帰ろうとしたのは、あのやり取りを見て俺に幻滅したから？　確かに俺の今までの異性関係は最低だったし、〝相手が納得してる〟っていうのが俺の一方的な思い込みだったのは、まったく言い訳のしようがないよ。でも」

「ち、……違うんです」

一乃は勇気を出して顔を上げ、奏佑を見た。

「わたしが帰ろうとしたのは――青柳さんのお邪魔になってはいけないと思ったからです。あんなにきれいな人に告白されたら無下にはできないんじゃないかって、そう思ったら……自分が邪魔者みたいに感じて」

「そんなことない。君を邪魔なんて思ったことは、一度もないよ」

「二人の姿を見たとき、わたし、ショックでした。どちらもスラッとして、すごくお似合いで……しかもちょっと前まで特別な関係だったんだと思うと、いたたまれない気持ちになって。そのとき気づいたんです。わたしは青柳さんのことを、とっくに好きになってたんだって」

「――――」

彼が驚きに目を見開く。

一乃は頬が熱くなるのを感じながら、言葉を続けた。

「青柳さんはわたしに『恋人にしてほしい』って言いましたけど、本当はずっと自信がなくて、卑屈な気持ちで保留にしていたんです。才能があって王子さまみたいな見た目の青柳さんに、何の取り柄もない地味なわたしは全然ふさわしくない。なのに青柳さんはずっと優しくて、わたしの気持ちが追いつくまで待っていてくれました。会うたびに大切にされていると感じましたし、顔を見ればドキドキして……だからこそ、青柳さんが前に交際していた人を目の当たりにして、動揺したんです。いつまでも返事をはぐらかしていたわたしより、あんなふうに真っすぐぶつかってくる人のほうに気持ちが揺らぐかもしれない。だとしても、仕方がないんだって」

「そんなことないよ」

奏佑が断固とした口調で、一乃の言葉を遮った。

「誰に何を言われても、俺は揺らがない。こんなにも心惹かれた相手は、一乃ちゃんが初めてなんだから」

強い意思を秘めた眼差しを目の当たりにし、一乃の胸がぎゅっとする。

信じたい気持ちとまだ不安な気持ち、その両方が心の中でせめぎ合って、言葉にするのが難しかった。そんな一乃を見つめ、彼はふとやるせない表情になる。

「とはいえ俺も、不安だった。一乃ちゃんに対して誠実でいると誓ったけど、もしかしたら君は俺のような人間を好きにならないかもしれない。それは完全に自業自得で、まったくぐうの音も出ないんだけど、一乃ちゃんが自分をどう思っているのか知りたい気持ちがある一方、確かめなければずっとこうして会い続けることができるっていう打算もあった。……要するに、あえて結論を先延ばしにしてたんだ。卑怯《ひきょう》だろ」

「そ、そんなことありません。わたしがもっと早く気持ちを伝えられればよかったのに……なかなか口に出す勇気がなかったから」

車内にしばし、沈黙が満ちる。

駐車場内には何台も車が停まっていたが、人影はない。電柱の灯りだけが、辺りを皓々《こうこう》と照らしていた。やがて奏佑が、口を開いた。

「——一乃ちゃんが俺を好きっていうのは、本気で受け取っていいのかな。恋愛じゃなく、友人として好きとか、そういうことはない？」

「友人じゃ……ありません。青柳さんを、一人の男性として好きなんです」

「俺の〝好き〟は、キスやセックスを伴う〝好き〟だよ。それでも？」

いきなり直接的な言葉を出されて、一乃の顔がかあっと赤くなる。

だが彼を想う気持ちは、恋愛感情で間違いない。もしただの友情なのだとしたら、先ほどの女性を見て嫉妬したりはしないはずだ。

そう思いながら頷くと、奏佑がおもむろにハンドルに顔を伏せ、深々と息を吐く。一乃はびっくりして声をかけた。

「あ、青柳さん？」

「ごめん。安心したら気が抜けて……もしかしたら俺に幻滅して『帰る』って言い出したのかなとか、嫌われたのかもって考えてたから」

思いのほか気弱な発言に、一乃は驚きをおぼえる。

するとと彼がチラリとこちらを見て腕を伸ばし、一乃の手に触れて言った。

「ほら、震えてる」

「あ……」

（……ほんとだ）

一乃の拳を包み込んだ大きな手が、かすかに震えている。

女性に慣れているはずの奏佑が、こんなふうに動揺するほど自分のことを想ってくれている――そう思うと泣きたいくらいの安堵とときめきがこみ上げて、胸がいっぱいになった。

一乃は彼の顔を見つめて告げた。

「わたし……青柳さんが好きです。今まで男の人とつきあったことはないですし、〝釣り合わない〟っていう気持ちもまだ捨てきれていません。でも、こんなわたしでよかったら、青柳さんの恋人にしてくれますか……？」

それを聞いた奏佑が、何ともいえない表情になる。彼はハンドルから身を起こし、腕を伸ばしてこちらの頭を引き寄せると、髪にキスをしながら言った。

「俺のほうこそ、一乃ちゃんの恋人にしてほしい。絶対によそ見をしないし、誰よりも大切にするから」

ふいに間近に感じた体温と、鼻先に香ったかすかなトワレの匂いに、ドキリとする。

そんな一乃の髪に鼻先を埋め、奏佑はしばらく思いが通じ合ったことを噛《か》みしめるようにそのままでいた。

やがて彼が、ささやいた。

「――このあと、どうしたい？」

「えっ？」

「俺は一乃ちゃんを、自宅に連れていきたいと思ってる。ただ俺も男だから、そこで手を出さないっていう約束はできない。こうして気持ちが通じ合ったなら、なおさら」

「……っ」

一乃の頬がじんわりと赤らみ、心臓がドクドクと速い鼓動を刻む。身体をわずかに離した彼が、こちらの目を覗き込んで問いかけてきた。

「どうする？　もし『心の準備ができてないから、今日はまっすぐ自宅に帰りたい』っていうなら、このまま送っていく。もちろんそれで怒ったりしないし、あくまでも君の気持ちを尊重するよ」

「……わたし、は……」

このまま奏佑の家に行けば、先ほど彼が言ったような恋人同士の行為をすることになる。

そう思うと尻込みしたい気持ちがこみ上げたものの、一乃の中には奏佑への恋心が明確にあった。彼に触れたい、近づきたい。自分たちが〝恋人〟になったという実感が欲しい
――そんな気持ちがこみ上げてたまらず、一乃は奏佑の目を見つめ返し、小さく答えた。

「わたし……青柳さんのおうちに行ってみたいです」

「いいの？」

「はい」

勇気を出して頷くと、彼が一瞬沈黙する。そして運転席に身体を戻し、シートベルトを締めて言った。

「──わかった。じゃあ、行こう」

第七章

パーティーが行われたフレンチレストランの場所は円山だったが、奏佑の自宅は大通駅周辺にあるらしい。

車で十五分ほど走って乗り入れたのは、真新しい高層マンションの駐車場だった。

（すごい……）

地上十二階建てのマンションは都会的な外観で、ライトアップされたエントランスがラグジュアリーな雰囲気だ。彼の部屋は十階にあるらしく、エレベーターに乗り込んだ一乃は、じわじわと緊張をおぼえた。

やがてエレベーターの上昇が止まり、廊下を進んだ奏佑が部屋の鍵を開ける。

「どうぞ」

「お邪魔、します……」

玄関に入った瞬間、まだ新築のような匂いが鼻先をかすめる。正面と右手にドアがあり、廊下を左側に進んだ先にリビングがあった。

「わ、広い……」

十五畳のリビングはシックでモダンなインテリアで、広々としていた。

一面の大きな窓の向こうがバルコニーになっており、開け放したままのカーテン越しに夜景が見える。一乃は感心して言った。

「すごいマンションですね。こんなお部屋、初めて入りました。わたしの地元はアパートとかも珍しいくらいの田舎だったので、何だか新鮮です」

「買ったんじゃなく、賃貸だけどね。店に泊まることも多いし、最近は寝るだけのために帰ってるようなものだけど。他の部屋も見る？」

「いいんですか？」

「もちろん」

一乃は興味津々で、キッチンを覗《のぞ》き込む。

最新の設備のキッチンは清潔感があり、きちんと片づいていて、無駄なものが一切出ていないところが奏佑の美意識の高さを感じさせた。

「きれいにしてるんですね。青柳さんは、普段料理とかされるんですか？」

「うん。フランスにいたから、向こうの料理とか得意だよ。今度作ってあげる」

お菓子だけでなく、彼は料理も得意らしい。

ひどく興味をそそられつつも、一乃は「今度作ってあげる」という言葉の意味を考え、じんわりと頬を赤らめた。

（また今度、ここに来ることがあるのかな。……青柳さんの〝彼女〟として）

浴室やトイレもラグジュアリーな内装で、まるでホテルのような雰囲気を醸し出している。やがて廊下の先のドアを開け、奏佑がこちらを振り向いて言った。

「それでここが、寝室」

「あ、……」

八畳あるという寝室には、真ん中にクイーンサイズのベッドが置かれている。低い高さのベッドにグレーのリネンと観葉植物が映え、壁に掛けられたファブリックパネルが落ち着いた空間を演出していた。

これまで興味津々で家の中を見学してきたが、〝寝室〟は一乃にとって緊張する部屋だ。動揺して視線を泳がせた瞬間、ふいにこちらを見下ろす彼と目が合う。端整な顔立ちの中でその瞳は押し殺した熱情を孕《はら》んでいるように見え、視線をそらせなくなった。

「あ……っ」

ふいに腕を引かれ、奏佑の腕に抱きしめられる。

小柄な一乃の身体はすっぽり包み込まれてしまい、頬に触れるスーツのごわついた感触と彼の匂いに、一気に頭が煮えそうになった。奏佑がポツリとつぶやいた。

「……細いな、一乃ちゃんの身体。それに想像してたより柔らかい」

「そ、想像してたんですか……?」

気まずさを誤魔化すように小さく問い返すと、頭上で彼が微笑む気配がする。

「してたよ、そりゃ。好きな子だからね」

〝好き〟というフレーズに、一乃の胸が甘く疼《うず》く。

そろそろと遠慮がちに奏佑の背中に腕を回すと、思いのほかしっかりした体型なのがわかり、驚いた。

「男の人の身体って、こんなにしっかりしてて硬いんですね。青柳さんは細身に見えるのに」

「脱いだらもっとわかると思うけど」

ドキリとした瞬間、彼が「おいで」と言って手を引く。

ベッドに腰掛けた奏佑は、自身の膝の間に一乃を引き寄せて立たせ、下から見上げて微笑んだ。

「君の嫌なことをするつもりはないから、途中で怖くなったりしたら遠慮なく言って。すぐにやめる」

それを聞いた一乃は、早鐘のごとく鳴る心臓の音を意識しながら、首を横に振って答える。

「だ、大丈夫です……。怖くなんかないので」

「そう？」

奏佑がこちらの腰を引き寄せ、胸元に顔を埋める。内心焦りをおぼえる一乃とは裏腹に、余裕のある様子の彼がつぶやいた。

「一乃ちゃんの心臓、すごく鼓動が速くなってる。……可愛い」

「あ……っ！」

背中を支えるようにしながら身体を引かれ、ぐるりと視界が回って、ベッドに押し倒される。

スプリングで身体が跳ねて息を詰めたのも束の間、上から奏佑が覆い被さってきた。彼は一乃の頬を優しく撫でてささやく。

「まずはキスしようか」

「……っ」

唇の表面に触れるだけのキスをされ、一乃はぎゅっと唇を引き結ぶ。

思ったより柔らかい感触に驚いたものの、それを堪能する余裕はまったくなかった。奏佑はついばむように何度も口づけてきて、一乃の身体のこわばりが徐々に緩む。

やがてほんのわずか開いた唇の合わせを、彼が舌先でそっと舐《な》めてきた。

「あ、……」

ぬめる柔らかな感触に、一気に体温が上がる。

奏佑は一乃を怖がらせないよう、じわじわとキスを深くしてきた。緩やかに舌を絡められ、息が上がる。そうっと目を開けると間近に彼の端整な顔があり、一乃は胸がいっぱいになった。

「……っ、……は……っ……」

視線を合わせたまま交わすキスは官能的で、一乃の目にじわりと涙が浮かぶ。

だが決して嫌ではなく、縋《すが》るものを求めて奏佑のスーツの袖をぎゅっとつかんだ。やがてキスを解いた彼が、首筋に唇を這《は》わせてくる。

「ん……っ」

柔らかな唇の感触、肌に触れるかすかな吐息に、身体がビクッと震える。

同時に奏佑の大きな手が胸のふくらみを包み込んできて、にわかに恥ずかしさが募った。やわやわとそこを揉《も》まれるたびにいたたまれなさがこみ上げ、足先でベッドカバーを掻《か》く。

彼がわずかに身体を離して言った。

「ワンピース、脱がせていい？」

「……っ、あの」

一乃は勇気を出して告げた。

「そ、その前に、電気を消してもらえると……」

「ＯＫ」

ベッドサイドに置かれたリモコンを操作し、奏佑が部屋を暗くする。

開け放したままの窓からうっすらと月明かりが差し込み、室内は真っ暗ではなかった。

彼は一乃の腕を引いてベッドの上に起き上がらせ、ワンピースの背中のファスナーを下ろす。しなやかな素材のそれは肌を滑るように落ち、ブラに包まれた胸があらわになった。

ストッキングも脱がせ、手のひらでふくらみに触れた奏佑が、熱っぽくささやく。

「……可愛い」

「あ……っ」

胸を揉まれながら耳朶《じだ》を軽く食まれ、ゾクッとした感覚が背すじを走る。

濡《ぬ》れた舌が耳殻をなぞり、吐息が触れて、一乃はなすすべもなく身を震わせた。たったこれだけの愛撫で感じてしまっているのに、この先もしたらどうなるのだろう。ふいにそんな不安がこみ上げ、寄る辺のない気持ちになる。

「……青柳さん……」

小さく声を上げると、彼が問いかけてくる。

「ん？　嫌だった？」

「い、いいえ。わたしばっかりじゃ恥ずかしいので……青柳さんにも、脱いでほしくて」

「ああ」

奏佑がスーツのジャケットを脱ぎ捨て、床に放る。

そしてネクタイもシュッと抜き去り、シャツのボタンを外した。あらわになった上半身は肩幅が広く、骨格がしっかりとしていて、無駄なく引き締まっている。初めて男性の身体を間近で見た一乃は、じわじわと頬が熱くなるのを感じた。

「青柳さんは毎日お菓子を作ってるのに、締まった身体をしてるんですね……」

「早朝から夜まで、立ったまま仕事してるからね。重いものを持ったりすることも多いし、腕も使うし、意外にハードなんだよ、パティシエって」

ちなみにスイーツは作る途中で味見をする程度で、一個丸ごと食べることはないらしい。

（そっか……仕事とはいえ、毎日食べてたら飽きちゃうよね。さすがに）

「触ってみる？」

彼はふいに一乃の手をつかみ、自身の身体に誘導した。

男らしい太さの首筋、浮き出た鎖骨、適度な筋肉がついた肩から上腕にかけてのラインに、何ともいえない色気を感じる。皮膚の下には硬い筋肉があり、しなやかな手触りで、自分よりほんのわずか高く思える体温がじんと手のひらに染み入った。

やがて奏佑が一乃の手首に、唇を押し当ててくる。手首から肘のほうまで腕の内側をなぞられ、ときおりチロリと舐められて、一乃は淫靡《いんび》なその感触に必死に耐えた。

こらえきれずに熱い息を吐いた瞬間、彼がベッドに押し倒してくる。

「ん……っ」

唇を塞がれ、口腔《こうこう》に舌が押し入る。

そうしながらも彼の手が先ほどより強めに胸を揉み、一乃は小さく喘いだ。奏佑の手が背中に回り、ブラのホックを外す。零れ出たふくらみをつかみ、彼が先端を口に含んだ。

「あっ……」

柔らかな舌が乳暈《にゅううん》をなぞり、吸い上げる。

刺激に敏感に反応したそこが芯を持ち、みるみる硬くなって、一乃は口元に手の甲を当てて漏れそうになる声を押し殺した。きつく吸われるとじんとした疼痛《とうつう》が走り、どうしたらいいかわからなくなる。

もう片方も同様に嬲《なぶ》られ、一乃は涙目で奏佑を見つめた。すると視線だけを上げた彼と目が合い、わずかに乱れた前髪越しの眼差しに一気に気持ちを鷲《わし》づかみにされる。

「……っ」

普段の奏佑は端整な顔立ちと優雅な物腰で、どこか王子めいた雰囲気の持ち主だ。

だが今の彼は欲情をにじませ、ひどく男っぽい。野性味さえ感じるその瞳から目を離せずにいると、ふいに奏佑が片方の手で一乃の太ももを撫《な》で上げてきた。

「ぁ……っ」

「一乃ちゃんは色が白いな。それにどこもかしこも細くて、触り心地がいい」

手触りを愉しむように太ももをさすった手が、下着に触れる。布越しに脚の間を撫でられ、一乃は腰を跳ねさせた。

「ん……っ」

「ああ、……濡れてる」

そこは胸への愛撫で熱くなっていて、下着の内側がぬるりと濡れた感覚があった。

恥ずかしさで消え入りたくなる一乃をよそに、彼の手が下着の中に入り込んでくる。花弁を割った指が、愛液をにじませる蜜口をくすぐった。

「……っ……んっ、ぅ……っ……」

かすかに水音が聞こえ、一乃はぐっと唇を噛む。

初めての経験を受け止めるだけで精一杯で、ただ身を固くすることしかできなかった。だが一言でも「嫌」と言うと彼がやめてしまう気がして、必死に声を押し殺す。

そうするうちに、奏佑が一旦下着から手を引き抜いて言った。

「――脱がすよ」

上体を起こした彼が下着に手を掛け、それを脱がせてしまう。

一糸まとわぬ姿になった一乃は、身の置き所のない気持ちで脚を閉じようとした。しかし膝をつかんだ奏佑が脚の間に顔を伏せてきて、思わず高い声が出る。

「あ……っ！」

温かく濡れた舌が花弁を割り、蜜口を舐める。思いがけない行動に動揺し、一乃は彼を押し留めようとした。

「青柳さん、待っ……」

「初めてだから、うんと濡らしたほうがいい。……じっとしてて」

ぬめる舌が花弁をくまなくなぞり、蜜口から溢《あふ》れた愛液を舐める。

ざらつく舌の表面で敏感な尖《とが》りを押し潰された瞬間、甘い愉悦が走って、一乃は身体を震わせた。

「うっ……んっ、……ん……っ」

音を立てながら舌を動かされ、恥ずかしさに肌がじんわりと汗ばむ。

奏佑の唾液だけではなく、にじみ出た自身の愛液で蜜口が濡れているのがわかって、一

乃は太ももに力を込めた。飽かずに秘所を舐め続ける彼は、ときおり花芯を舌で刺激したり、吸い上げてくる。

そうされるうちに甘ったるい愉悦が断続的にこみ上げて、一乃は切れ切れに声を漏らした。腰を抱え込むようにしながら愛撫《あいぶ》を続けていた奏佑が、やがて身体を起こす。口元を拭った彼がベッドサイドに腕を伸ばし、引き出しから小さな箱を取り出すのが見えた。

（あ……）

避妊具を取り出したのだと気づいた一乃は、慌てて視線をそらす。

奏佑はスラックスを緩め、薄い膜を自身に装着しているようだった。その微妙な間が何ともいえず気まずく、一乃は手元のシーツをぎゅっと握りしめる。

準備を終えた彼が上に覆い被さってきて、一乃の髪に触れた。そして視線を合わせて問いかけてくる。

「──やっぱり怖い？」

「す、少し……」

「どうしてもつらかったら、途中でやめるから。……できるだけ力抜いてて」

心臓が速い鼓動を打ち、にわかに緊張が高まる。

一乃の脚を押し広げた奏佑が、間に身体を割り込ませてきた。花弁に熱く硬いものが触れ、腰がビクッと震える。丸い先端が蜜口を捉え、ぐぐっと中に押し入ってきて、その質量に一乃は小さく呻《うめ》いた。

「うぅ……っ」

入り口がどうにか先端をのみ込んだあと、太い幹の部分がじりじりと隘路《あいろ》を進み出して、強烈な圧迫感に一乃は喘《あえ》いだ。狭いところを拡げられる感覚は痛みを伴い、目にじわりと涙がにじむ。その硬さ、ずっしりとした質量が苦しく、一気に汗が噴き出していた。

薄目を開けると、わずかに眉根を寄せて腰を進める彼の顔が見え、できるだけこちらに苦痛を与えないよう配慮しながら挿入しているのがわかる。

その瞬間、奏佑への気持ちが一気に溢れ出てきて、一乃は彼に対して呼びかけた。

「青柳、さん……」

「ん？　やっぱり苦しい？　一旦やめようか」

「……っ……ぎゅって、してください……」

泣きそうな表情で懇願すると、奏佑が眦《まなじり》を緩めて覆い被さってくる。

そして片方の腕で一乃の身体を強く抱き込み、髪にキスをして、優しくささやいた。

「――好きだよ」

「……っ」

「一乃ちゃんが、好きだ」

熱っぽく愛をささやかれ、胸の奥がじんとする。

それと同時に彼を受け入れたところがきゅうっと締まって、内襞《うちひだ》が屹立《きつりつ》に絡みついた。

それを感じた奏佑が熱い息を吐き、思わずといったようにつぶやく。

「あー、……やばいな」

緩やかに腰を動かされて、一乃は彼の背中にしがみつく。律動を開始しながら、奏佑が言った。

「優しくしなきゃいけないのに、一乃ちゃんの中、気持ちよすぎる……」

「あっ……！」

ずるりと剛直を引かれ、再び奥まで穿《うが》たれる。

身体の中心をじんとした鈍い痛みが貫き、目からポロリと涙が零れた。受け入れた質量が苦しいのに、彼が自分の中にいると思うとうれしくて、どんどん奥から愛液が溢れてくるのを止められない。

少しずつ奏佑の動きがスムーズになり、接合部から粘度のある水音が立ち始めた。その頃には最初に感じた痛みは少し和らいでいて、律動に揺らされる一乃は奏佑の身体にしがみつく手に力を込める。彼は一乃の目元に口づけて言った。

「一乃ちゃんに痛みを与えておいて何だけど、俺はうれしい。……ようやく君を抱けて」

それを聞いた一乃は胸がいっぱいになり、首を横に振って答えた。

「わたしも……うれしいです。だから謝らないでください」

最初は余裕があるように見えていた奏佑だが、その身体は汗ばみ、かすかに息を乱している。彼は一乃の体内を穿つ動きを止めないままささやいた。

「……もっと奥まで挿れていい？」

頷《うなず》いた瞬間、剛直を深くねじ込まれ、一乃は高い声を上げる。屹立の切っ先が最奥を抉《えぐ》って、圧迫感に息が詰まった。苦しいのに満たされる充足感もあり、一乃は喘ぎながら奏佑を見つめた。

彼が唇を塞いできて、熱い舌に口腔を蹂躙《じゅうりん》される。蒸れた吐息を交ぜるあいだも律動は止まず、奏佑を受け入れたところは痺《しび》れたような鈍い痛みがあり、彼の動きにただ翻弄されるしかない。

やがてどのくらいの時間が経ったのか、奏佑が吐息交じりの声で言った。

「……ごめん、そろそろ達く」

「んぁっ……！」

律動を速められ、果てを目指す少し荒い動きに、一乃は必死で耐える。やがて彼がぐっと顔を歪《ゆが》め、最奥で吐精した。

「……っ」

「あ……っ」

隘路の奥で屹立が震えるのがわかり、一乃は荒い息を吐く。

ようやく事を終えられたことに、ホッとしていた。奏佑もまた呼吸を乱していたものの、一乃の体内から慎重に自身を引き抜き、後始末をする。彼がベッドに転がり、こちらの身体を腕に抱き込みながら問いかけてきた。

「身体、つらいかな。無理させたみたいでごめん」

「だ、大丈夫です」

裸の胸に抱き寄せられ、一乃はどぎまぎしながら答える。

確かに局部にはひりつくような痛みがあるが、奏佑と繋《つな》がれた喜びが甘く心を満たしていた。彼が一乃の髪の一房を手に取って言う。

「一乃ちゃんの髪、サラサラで艶があって、本当にきれいだ。初めて会ったときの長いスタイルも可愛かったけど、あのときはまさか君とつきあうようになると思わなかったな」

「わたしもびっくりです。髪といえば、青柳さんの髪ってチョコレートの甘い匂いがするんですね」

「そう？」

「毎日チョコレートを触ってるから、匂いが染みついちゃってるのかも。でも、青柳さんらしくていいですね」

味だけではなく、見た目も素晴らしいスイーツを作り出す奏佑の技術と感性を、一乃は尊敬する。

そのときふと一時間余り前の自分の振る舞いを思い出し、一乃は急いで顔を上げて言った。

「わたし——青柳さんに、謝らなきゃいけないことがあって」

「何？」

「お店を出てくるときに……青柳さんのスイーツを残して、お皿を押しつけて出てきてしまいました。せっかく手間暇かけて作ったものなのに、あんなふうに粗末にしてしまって、本当に申し訳ありません」

彼は一瞬きょとんとし、すぐに苦笑する。

「残したっていっても少しだったたし、全然気にしてないよ。だから謝らなくていい」

「でも……っ」

「一乃ちゃんがいつも俺の作ったものを喜んで食べてくれてるのは、よくわかってる。まあさっきのは、緊急事態だったたってことで」

奏佑はなおも言い募ろうとする一乃の後頭部をつかみ、胸に押しつけてくる。硬い感触にじんわりと頬を染めた一乃が黙り込むと、彼がしみじみとつぶやいた。

「やっと君が、俺の恋人になってくれたんだな。──ここまで長かった」

「わたし、いつまでも踏ん切りがつかなくて……すみません」

「何度手を出しそうになったことか。でも、一乃ちゃんの信頼を失いたくなくて、必死だった」

いつも余裕があって、まったくガツガツしたところがないように見えたのに、心底意外だ。一乃がそう言うと、奏佑がこちらの髪を撫でながら噴き出す。

「そりゃ、そう見えるように振る舞ってたんだよ。君より七歳も年上なのに、そのくらいの余裕がなかったら恰好《かっこう》悪いだろ」

「そう、ですか?」

彼は「うん」と頷き、付け足した。

「でもこれからは、一切遠慮しない。うんと甘やかして、俺なしじゃいられないくらいにしてあげるから、覚悟しといて」

「……っ」

甘やかな眼差しを向けられ、一乃はドキリとする。奏佑がニッコリ笑って言った。

「とりあえず、もう一回しようか。早く慣れたほうが、絶対お互いに楽しいよ」

「えっ？　あ……っ」

ベッドに押し倒され、一乃は彼の腕をつかんで慌てて制止する。

「あのっ、でも、早く帰らないと姉が心配するので……」

「あとで家までちゃんと送っていく」

こちらに覆い被さる奏佑は悔しいほどに男前で、一乃はぐっと言葉をのみ込む。触れるだけのキスをされて間近で見つめられれば、理性が溶けるのはすぐだった。

（ああ、わたし……この人が好き）

そう思いながら目の前の恋人の首に腕を回すと、彼がうれしそうに笑う。

そのまま深いキスをされて、すぐに何も考えられなくなった。一乃は奏佑の腕に身を委ね、そっと目を閉じた。

＊　　＊　　＊

週末のBoite a bijoux secret《ボワットアビジューセクレ》は、平日に比べると格段に混んでいる。

カフェには真鍋が入り、店舗のほうの接客は谷本がこなしているが、二人ともてんてこ舞いだ。厨房《ちゅうぼう》からデセールの皿を手に出た奏佑は、客席にそれを運んで言った。

「お待たせしました。アールグレイ香るショコラプリン、ローズマリーのアイスクリームと洋梨のコンポート添えです」

席にいた若い女性の二人組が、「わ、美味しそう」と歓声を上げる。

チョコレートの味が濃厚なプリンにはアールグレイの茶葉で香りをつけ、ローズマリーのアイスクリームはハーブの爽やかな風味が鼻に抜けるように仕上げた。洋梨のコンポートは蕩《とろ》けるような食感で、皿に広げたトロトロのショコラソースと歯触りのいい全粒粉のサブレがアクセントになっている。

「ごゆっくりどうぞ」

奏佑がそう言って立ち去ろうとした瞬間、女性客の一人が「あの！」と声をかけてくる。

「オーナーパティシエの、青柳さんですよね。私たち、雑誌で見て来たんです。一緒に写真撮ってもらってもいいですか？」

「申し訳ございません。当店はスタッフの写真撮影につきましては、お断りさせていただいております」

丁寧に断りを入れると、二人ががっかりした様子を見せる。奏佑は微笑んで付け足した。

「ですがデセールの写真は、どれだけ撮っていただいても、ＳＮＳ等にアップしていただいても構いません。どうか人物が入らないようにご配慮いただいた上で、ご撮影ください」

優雅な微笑みを見た女性客が頬を染め、「わかりました」と答える。

彼女たちがスマートフォンでデセールの皿を撮影し始め、奏佑は厨房に戻った。するとガナッシュをテンパリングしたチョコレートにくぐらせていた堀が、こちらを見て言う。

「ガラス越しに見てましたよ。どうせまた『一緒に写真を撮ってくれ』って言われたんですよね？　この忙しい中でもう三回目くらいなのに、嫌な顔せずに断れるの、すごいですね」

「だって接客って、そういうものだろ。同じお客さんが何回も言ってきてるわけじゃないんだし」

打ち粉をした作業台の上で、奏佑が折りパイ《フィユタージュ》の生地を伸ばす作業に戻りつつ答えると、成瀬が堀に向かって言う。

「今の青柳さんの脳内はお花畑なんだから、苛立ったり機嫌が悪くなったりはしないんだよ。むしろ積極的に接客させたほうが、客も俺らも双方丸く収まる」

「あー、なるほど」

――確かにここ最近の奏佑は、ずっと機嫌がいい。

理由は、ずっとアプローチしていた一乃と晴れて恋人同士になれたからだ。出会ってから約一ヵ月半、好きになってもらえるように努力を重ねた結果、ついに彼女に想いが通じた。

知り合いのフレンチレストランで行われたパーティーの夜、奏佑は初めて一乃を抱いた。あれから一週間、奏佑は恋人となった彼女を溺愛する日が続いている。朝は一乃が起きる頃にメッセージを送り、昼時にも何かしら送信する。夜は外で待ち合わせたり、三日に一回はこの店まで来てもらって閉店時間までお茶やデセールをご馳走《ちそう》し、その後は食事をして自宅マンションに行く流れだ。

二人きりになると我慢できず、奏佑はつい一乃をベッドに引っ張り込んでしまう。未経験だった彼女は次第に行為に慣れてきて、苦痛を感じている様子はなくなった。

こちらの手管に乱され、たやすくグズグズになってしまう一乃に、奏佑は魅了されっ放しだ。まっさらだった彼女を自分色に染めていくのは、これまでにない充実感があった。そのせいか執着が増し、「少しは自制しなければ」と思いつつも、つい日を開けずに抱いてしまう。

「すみません、こっち手伝ってもらっていいですか？　お客さまが三人お待ちです」

谷本が店舗のほうからヘルプ要請をしてきて、厨房の三人は顔を見合わせる。奏佑は麺棒を置き、ラテックスの手袋を外して言った。

「わかった、俺が行くよ。堀くん、手が空いたらこのフィユタージュを二ミリの厚さに伸ばして、二十二センチの型に敷き込んでピケしておいて」

「わかりました」

厨房を出て店舗に向かった奏佑は、待っていた客に向かってにこやかに言う。

「大変お待たせしました。お伺いいたします」

客から注文を受け、ショーケースの中の商品を銀のトレイにひとつひとつ取りながら、奏佑は考える。

(ここ数日はジャンドゥジャとキャラメルジンジャー、それにミルクティーのボンボンショコラが、比較的売れてるな。やっぱり寒くなってきたら、みんな甘めのものが食べたくなるのか)

頭の片隅で新作のレシピを捏《こ》ね回しつつ、商品の説明をしたり梱包《こんぽう》をする。

やがて午後七時に閉店し、三十分ほどで後片づけを終えた。成瀬が「少し試作をしていいですか」というのを許可した奏佑は、堀に問いかけられる。

「俺も試作をしたいから、残ろうかな。青柳さんはどうするんですか?」

「俺は……」

スマートフォンを確認した奏佑は、すぐにディスプレイを閉じて答えた。

「俺は帰るよ。終わったら戸締まりはしっかり頼むね」

「はーい、お疲れさまです」

シェフコートを脱いだ奏佑は、身支度をして外に出る。すると従業員通用口の横に、寒そうに立っている一乃がいた。

「あ、青柳さん、お疲れさまです」

「店の中に入ってくればよかったのに。寒かっただろ」

「あんまりお店に行くのは、ご迷惑かなと思って」

どうやら他のスタッフたちに気兼ねしている様子の彼女に、奏佑は答える。

「全然迷惑じゃないよ。〝一乃ちゃんの髪が元通りに伸びるまで、うちの店のショコラを食べ放題〟っていうのはスタッフ全員が知ってるし、何なら君と俺がつきあい始めたのもばれてる」

それを聞いた一乃が、じわりと頬を赤らめる。

「……何だか、余計に行きづらくなっちゃいました」

「俺の機嫌があまりにもいいから、スタッフは呆《あき》れ半分で笑ってる。だから遠慮せずに来てほしい」

土曜日である今日、彼女は会社が休みで、日中はずっと家事をしていたらしい。奏佑は車のキーを取り出しながら言った。

「ご飯、何食べようか。今日は寒いし、鍋とかが食べられる和食の店がいいかな」

すると一乃が「あの」と意を決した様子で口を開いた。

「今日は青柳さんのおうちで……お食事しませんか？」

「えっ？」

「実は、いろいろとおかずを作ってきたんです。外食ばかりだと青柳さんの負担ですし、だから」

確かに彼女は、大きな紙袋を重そうに持っている。奏佑は驚いて言った。

「わざわざ作ってきてくれたの？　一乃ちゃんが？」

「はい。でも、あまり期待しないでください。全然おしゃれな料理とかではないので」

奏佑は笑って言った。

「すごくうれしい。だったら今日は、うちでゆっくりしようか」

彼女から荷物を受け取り、車に乗り込む。

車で十五分ほど走って自宅マンションに到着し、早速キッチンで保存容器を開けた。

「ふきと油揚げの炒《いた》めものとロールキャベツのトマト煮込み、叩《たた》ききゅうり、鯖《さば》のおろし煮です。あと、炊き込みご飯のおにぎりもあるんですけど」

「すごいね、ご馳走だ」

いかにも家庭料理らしい品揃《しなぞろ》えを前に、心が浮き立つ。一乃の手料理を食べられることが、奏佑はうれしかった。

レンジで温め直す姿を見ながら、彼女がモソモソと言う。

「平日に姉が食べられるように、いろいろ作り置きしたついでなんです。もし口に合わなかったらすみません」

「絶対美味しいよ。いい匂いがしてるし」

料理をテーブルに並べ、ビールで乾杯する。ふきと油揚げの炒めものを口に入れた奏佑は、笑顔で言った。

「うん、美味い」

「本当ですか？」

「ふきのシャキシャキ感と味付けが、ちょうどいい感じだ。かつお節が入ってるのもいいね」

叩ききゅうりはごま油の風味と唐辛子がいいアクセントになっており、鯖のおろし煮は滋味深く優しい味だった。奏佑はしみじみと言う。

「こういう家庭料理、ホッとできていいな。一乃ちゃん、料理が上手なんだ」

「小さい頃から、祖母と一緒に料理をしてきたので……姉はわたしがご飯を作ると、『お祖母ちゃんが作ったのと同じ味だ』って喜んでくれます。でも青柳さんに食べてもらうのは、本当はドキドキでした」

「何で？」

「プロのパティシエさんですから……味にうるさいのかなって」

奏佑は噴き出して答えた。

「そんなに心配しなくても、一乃ちゃんの料理はちゃんと美味しいから大丈夫だよ。ロールキャベツも、くたくたの煮え具合がいいね。中に入ってるのは豚ひき肉？」

「はい。鶏のひき肉とか、合い挽《び》き肉とかも試してみたら、豚のひき肉が一番スープが美味しく感じて」

「確かに鶏だとあっさりしすぎるし、合い挽きだと牛の味が強く出るかも。人によって好みが違うだろうけど」

　あれこれと料理談義に花を咲かせ、ビールが進む。

　やがて一乃が酒気を帯びた顔で息をつくのが見え、奏佑は微笑んで言った。

「一乃ちゃんが飲めるようなアルコール、買っておかなきゃな。今度は俺が手料理をご馳走するよ」

「青柳さんが作るお菓子以外のもの、食べてみたいです」

「……まだ〝青柳さん〟？」

　奏佑の指摘に、彼女がドキリとしたように肩を揺らし、小さく答える。

「えっと……そ、奏佑さん？」

「うん。下の名前で呼んでって言ってるのに、君ときたらいつまでも他人行儀なんだもんな。まあそんなところも可愛いんだけど」

　使った食器をキッチンに下げ、食洗機に入れる。シンク周りを布巾で拭いている一乃を後ろから抱き込み、奏佑は彼女の耳元でささやいた。

「――明日は仕事が休みなんだし、今日は泊まっていってよ」

「えっ」

「実は俺も休みを取ったんだ。一乃ちゃんと一緒にいたくて」

　今までは休みなどあってないようなものだったが、明日の日曜は休みを取った。

　スタッフたちはこちらを気遣ってくれ、「いつも働き通しなんですから、ちゃんと休んだほうがいいですよ」と、快く了承してくれた。するとそれを聞いた一乃が、モソモソと言う。

「でも……着替えとか、持ってきてなくて」

「俺のTシャツを貸すから。歯ブラシや洗顔は、必要ならあとでマンションの向かいのコンビニで買ってくる」

一乃の耳朶に唇を押し当てると、彼女の華奢《きゃしゃ》な身体がビクッと震える。その反応を愉しみながら、奏佑はニッコリ笑って提案した。

「――とりあえず、一緒にお風呂入ろうか」


自宅マンションのバスルームは、黒と白のシックな内装だ。

バスタブに湯を溜《た》めつつ、奏佑は脱衣所で自身の着ているものを脱いだ。裸の上半身を見た一乃が、慌てたように後ろを向く。

「あの……た、タオル借りていいですか？」

「一乃ちゃんの身体はもう何度も見てるから、隠さなくていいのに」

「そ、それはちょっと」

モゴモゴと言う様子が可愛く、奏佑は棚からタオルを一枚取り出すと、彼女に手渡して言った。

「わかった。俺は先に入ってるから、一乃ちゃんはゆっくりおいで」

先にバスルームに入り、シャワーヘッドを手に取る。

浴槽には三分の一ほどの湯が溜まっており、白い湯気を立てていた。やがてタオルで身体を隠した一乃が入ってきて、奏佑は微笑んで問いかける。

「寒くない？」

「大丈夫です」

彼女の身体を抱き寄せ、背中からシャワーの湯を掛ける。そしてボディ用のスポンジにソープを馴染《なじ》ませて告げた。

「洗ってあげるよ」

「じ、自分でできますから……っ」

「いいから、ほら」

タオルを取り去った途端、ほっそりとした白い裸体があらわになる。

胸はどちらかといえば小ぶりであるものの、形が美しく、頂の色が清楚《せいそ》だ。全体的に肉が薄い印象だが、腰のくびれや尻にかけての丸いラインがきれいで、奏佑は一乃の腕にスポンジを当てながら言った。

「一乃ちゃんの身体、やっぱりきれいだね。こうして明るいところで見ると、特に」

「あんまり、見ないでください……」

彼女は気まずそうに視線をそらし、こちらを見ようとしない。

そんな一乃のしなやかな腕をスポンジで洗い、首から身体へと順次擦っていく。やがてスポンジが胸の先端をかすめた瞬間、彼女が息を詰めた。素知らぬ顔で何度も擦ると、次第にその呼吸が乱れていく。

「……っ」

奏佑はスポンジを棚に置き、自身の手のひらに直接ボディソープを取る。そして一乃の胸に触れたところ、彼女は目を見開いてこちらを見た。

「……っ、スポンジは……」

「俺の手で洗ってあげる。一乃ちゃんもやって」

「えっ」

一乃の手にもボディソープを載せ、自分の身体に誘導する。

小さく柔らかな手が遠慮がちに胸の上を這い、奏佑はくすぐったさをおぼえつつ彼女の胸を手のひらで揉んだ。ソープのぬめりを纏《まと》った手は、ぬるぬると滑る感触が淫靡だ。揉みしだかれるうちに胸の先端が尖り、一乃が息を乱す。

「……んっ……そ、奏佑さん……」

「ん？」

「そこばっかり……っ」

「ああ、他のところも洗おうか」

奏佑は彼女の身体を引き寄せ、形のいい尻を両手でつかむ。

息をのんで顔を上げた一乃の唇を塞ぐと、彼女がくぐもった声を漏らした。

「うっ……ん……っ……」

口腔に押し入り、舌を絡める。

ぬめるその感触は性感を煽《あお》り、喉奥まで探る動きに一乃が苦しそうな顔をするのがわかった。奏佑は口腔を舐め尽くす動きに切り替え、角度を変えて何度も口づける。そして彼女の手をつかみ、自身の性器に誘導した。

「――触って」

「ぁ……」

一乃の手がおずおずと屹立を握り込み、奏佑は熱い息を漏らす。

刺激は緩やかだったが、彼女の身体を触りながらだと興奮が高まり、昂《たか》ぶりはすぐに硬度を増した。尻の丸みと弾力を愉しみ、そのまま脚の間に触れる。そこは既に蜜を零していて、指がぬるりと滑った。

「もう濡れてる。俺のを触りながら濡らすなんて、可愛いね」

「んん……っ」

奏佑は一乃の蜜口を浅くくすぐり、わざと音を立てる。

浴室内は浴槽の湯で白く煙っていて、ムッとした熱気がこもっていた。彼女が目を潤ませながら喘いでいるのが可愛らしく、奏佑はそれを愛でつつ彼女の体内にゆっくり指を挿入する。

するると柔襞がきゅうっと絡みついてきて、指を行き来させてささやいた。

「中、ボディソープじゃなくぬるぬるしてる……。指を挿れられるのは好き?」

「あ、そんな……っ」

「一乃ちゃんが感じるのは、もっと奥だっけ」

そう言って奏佑は、指を奥まで挿入していく。

「あ……っ!」

狭い内部を掻き分けて奥まで進む指に、ぬめる温かな襞がわななきながら締めつけてくる。

最奥まで到達し、そこをぐっと押し上げた途端、腕の中の身体がビクッと震えた。隘路の潤みがみるみる増して、指の動きがスムーズになる。

奏佑の肩口に頬を押しつけ、一乃が切れ切れに声を漏らした。

「……ぅっ、……ん……っ……あ……っ……」

剛直を握る彼女の手に、力がこもる。それに快感をおぼえた奏佑は、指の動きを止めないままささやいた。

「そのまま手を、上下に動かして」

「……っ」

一乃が言われるがままに手淫を開始して、奏佑は熱っぽい息を吐く。少しきつめに握られながら幹をしごかれるのは、強い快感があった。

浴槽に湯が溜まる水音と共に、互いの色めいた吐息が響く。指の抽送に声を上げていた彼女は、やがて切羽詰まった様子で言った。

「ぁっ……奏佑、さん……」

「何？」

「ここじゃ、あの……」

浴室内で行為を続けることに懸念を示す彼女に、奏佑はニッコリ笑って答える。

「ああ、大丈夫。避妊具《ゴム》なら持ってきたから」

「えっ」

一乃から見えない高い位置にある棚の上から避妊具を取ると、彼女が「いつのまに……」とつぶやく。奏佑は上機嫌で言った。

「さっき、先にバスルームに入ったときに置いておいた。一乃ちゃんと一緒に風呂に入ったら、抱きたくなるのは確実だと思って」

避妊具のパッケージを破り、自身に装着する。そして一乃の片方の脚を抱え上げ、彼女の蜜口に屹立の先端を当てがって告げた。

「俺の首につかまって、力抜いてて」

「んん……っ」

亀頭をのみ込ませ、ゆっくりと昂ぶりを押し込んでいく。

奏佑の首に手をかけた一乃が、小さく呻いた。立ったままの姿勢のせいで中は狭く、ベッドでするときより強い圧で締めつけてくる。

「は……きっつい。……すごい」

「……っ」

根元まで埋めると、涙目の彼女が浅い呼吸を繰り返した。眩暈《めまい》がするような愉悦を味わいながら、奏佑は律動を開始する。

「うっ……んっ、……あ……っ……」

壁に背中を預け、片方の脚を抱えられる姿勢で貫かれた一乃が、喘ぎながらこちらの首にしがみついてくる。

中の狭さとビクビクとわななく内襞は、奏佑に強烈な快感を与えた。動くたびに愛液の量が増し、抽送がなめらかになる。彼女の顔に苦痛の色がないことを確かめた奏佑は、ずんと深く奥を突き上げた。

「んぁっ……！」

大きな声を上げてのけぞった一乃が、肌に爪を立ててくる。鼠径部《そけいぶ》を密着させながら切っ先で最奥を抉ると、彼女が涙目で言った。

「ぁ……っ……待っ、……深……っ……」

「うん。一乃ちゃんの中に、俺のが全部挿入ってるよ。……狭くて熱くて、気持ちいい」

しばらくその姿勢で啼《な》かせたものの、一乃の軸になっている脚がガクガクしてくる。

奏佑は一旦自身を引き抜き、抱えていた彼女の脚を下ろした。そして一乃の身体を裏返し、壁に両手をつかせて、腰を自分のほうに引き寄せる。

「……あっ……！」

硬く張り詰めた屹立を、後ろから花弁に這わせる。

愛液で濡れそぼったそこはぬるぬるとしていて、蜜口が物欲しげにひくついた。何度か行き来させたあと、奏佑は幹をつかみ、亀頭の部分を一乃の中に埋める。

「うぅっ……」

隘路が剛直をのみ込んでいき、先ほどとはまた違った締めつけに熱っぽく息を吐く。

細い腰をつかみ、ゆっくりとしたストロークで腰を打ちつけると、彼女が切れ切れに声を上げた。柔らかな尻に腰が当たるのも心地よく、しばらくその感触を堪能する。

やがて奏佑は後ろから腕を回し、一乃の胸を揉みしだいた。律動を緩めないまま彼女の上半身を起こし、ふくらみの先端をいじる。

「あっ……はぁっ、……や……っ……」

硬く芯を持ったそこはひどく敏感で、指で摘まんだり軽く引っ張るたび、隘路がビクビクと震える。

先ほどのボディソープのぬめりを残しているせいで手が滑って、それが余計に淫らな気持ちを掻き立てるようだった。奏佑は甘い声で喘ぎ続ける一乃の耳を後ろから舐め、吐息交じりにささやく。

「……可愛い」

「……っ」

「初めて抱いてから、もう何度もしてるのに……全然飽きない。気持ちよくて、四六時中繋がっていたいくらいだ」

浴槽の湯が八割ほどまで溜まり、自動的に給水が止まる。バスルームの中は白い湯気と熱気が立ち込めていて、気づけば身体がじっとりと汗ばんでいた。

それは彼女も同様で、「あまり長引かせるのはよくない」と考えた奏佑は、一乃の目元にキスをして言った。

「……そろそろ達くよ」

「あ……っ！」

後ろから細い腰をつかみ、律動を速める。

肌同士がぶつかる鈍い音と彼女の嬌声《きょうせい》が響き、快楽のボルテージをじりじりと引き上げられた。腰を打ちつけるリズムで白い胸が揺れるのが見え、激しく欲情を煽る。

一乃がひときわ高い声を上げ、中がきつく引き絞られて、彼女が達したのがわかった。それをやり過ごし、何度か強い律動を送り込んだ奏佑は、根元まで剛直をねじ込んで射精した。

「……っ」

「……ぁっ……」

絶頂の余韻でわななく隘路で吐精し、言葉にできないほどの快感を味わう。

最後の一滴まで搾り出した奏佑が充足の息を吐いた瞬間、一乃の身体が脱力した。すっかり疲労困憊《ひろうこんぱい》した様子の彼女の身体を抱き止め、奏佑は慌てて謝罪する。

「ごめん、暑すぎたかな。一旦ここから出ようか」

「大丈夫、です……。疲れただけなので」

一乃の身体を改めて洗い、シャワーで泡を流す。そして一緒に浴槽に浸かると、彼女はこちらに疲れた身体を預けながらつぶやいた。

「わたし、全然体力がなくて駄目ですね。奏佑さんはピンピンしてるのに」

「まあ、俺は肉体労働だし」

奏佑は「それより」と言って、一乃の顔を覗き込んだ。

「明日の朝ご飯、俺が作るよ。楽しみにしてて」

「いいんですか？」

「うん。明日は二人とも休みなんだから、一乃ちゃんの好きなところに連れていってあげたい。どこがいい？」

「えっと……」

あれこれと話し合ううちに茹《ゆ》だりそうになり、風呂から上がる。

奏佑は一旦着替えてマンションのすぐ傍にあるコンビニに行き、彼女のメイク落としや歯磨きセット、それに朝食用の食材を買ってきた。洗顔を終え、パジャマ代わりの男物のTシャツを着た彼女は華奢な体型が引き立って可愛らしく、それに煽られた奏佑は再び一乃をベッドに押し倒す。

「そ、奏佑さん……っ」

メイクを落とした一乃は、いつもより幼げで可愛い。それに新鮮な気持ちになりながら、奏佑は上機嫌で言う。

「一乃ちゃんが可愛すぎるのが悪い。泊まりだと、何回もできていいな。――これから毎週の恒例にしよう」

第八章

株式会社lupus《ルプス》は、デニムなどのカジュアルな服装からドレススタイルまで、さまざまなシーンで使えるデザインのジュエリーを制作販売する会社だ。

〝女性の身体の曲線に沿う優美なライン〟というコンセプトで、ネックレスや指輪、ブレスレットなど、女性を美しく見せるものをクリエイトしている。

社長の高野仁志《たかのひとし》は宝石商の父の後を継いだダイヤモンドディーラーで、五年前に独自に会社を立ち上げ、デザイナーの江木彩子とは公私共にパートナーらしい。

その会社の事務職として一乃が採用されてから、既に一ヵ月半が経つ。仕事の内容としては請求書や見積書などの書類作成、データ入力や書類のファイリング、入出金や振替といった伝票処理、備品の管理と発注の他、郵便物の発送や電話対応、来客対応まで多岐に亘《わた》る。

事務の人間は一乃の他にもう一人の女性しかおらず、今日のように彼女が所用で休みを取った日はかなり忙しかった。しかし前職で経理事務をやっていたこともあり、仕事を覚えた今は、少しずつ要領よくこなせるようになってきている。

月曜の休憩時間、人がまばらなオフィスで昼食を食べ終えた一乃は、デスクで自社のカタログを見て目を瞠《みは》った。

（わ、この会社のジュエリーってすごく高いんだ。わたしには全然手が出ないな……）

しかしデザインはシンプルだが研ぎ澄まされていて、小さなダイヤモンドのカッティングも美しい。素人目で見ても、確かにこれならカジュアルからパーティーまで幅広く着けられるに違いないと思う。

（このあいだのパーティーでも、女の人は着飾ってきれいなジュエリーを着けてたもんね。ああいうの、わたしには全然縁がない世界だと思ってたけど……）

それをもたらしてくれた男の顔を思い浮かべ、一乃はじんわりと顔を赤らめる。

あのパーティーの夜に奏佑と気持ちが通じ合い、一乃と彼は晴れて恋人同士になった。

恋人になってからの奏佑は蕩《とろ》けるように甘く、一乃は乱されっ放しだ。

数日前の土曜日は、初めて奏佑のマンションに泊まった。一乃の手料理を食べたあと二度も抱き合い、疲れ果てて眠った翌日の朝、彼は一乃に朝食を作ってくれた。

トマトと角切り野菜が入ったミネストローネ、レーズン入りの食パンで作ったフレンチトースト、とろとろに仕上げたスクランブルエッグ、グリーンサラダとフルーツ入りのヨーグルト、ミルクたっぷりのカフェオレというメニューを、奏佑は朝の五時半に起きて作ったらしい。

午前七時に目覚めた一乃が「すごい、フランスっぽいですね」と感想を述べると、彼は思わぬことを言った。

『いや。フランスの人って、朝は全然食べないんだ。日本人のイメージだと、こうやってたくさんの品数を食べてそうって思うかもしれないけど』

『えっ、違うんですか？』

『うん。朝からしょっぱいものを食べる人は、ほとんどいない。大抵はジャムや蜂蜜、〝ヌテラ〟っていうヘーゼルナッツの甘いペーストをたっぷり塗ったカンパーニュに、カフェオレだけ。とにかく血糖値を上げるためのメニューって感じ』

ちなみにフランスの食パン《パンドミ》は、日本人からすると食パンと言いたくないほど不味いらしい。彼いわく、「日本の食パンを袋に入れずラップも掛けず、二、三日皿に放置したような味」だそうだ。そういうものなのかと納得する一乃を見つめ、奏佑がニッコリ笑って言った。

『俺はこういう手間がまったく苦じゃない性質だから、一乃ちゃんが泊まったら毎回朝ご飯を作ってあげるよ。クロックムッシュとかふわふわのパンケーキとか、好きだろ』

奏佑は風呂上がりの一乃の髪を丁寧に乾かし、動画を見ながら器用に編み込みをしてくれた。

そして一乃の「二人でお菓子作りをしてみたい」という希望を叶《かな》えてくれた。

『本当にそんなんでいいの？　休みなんだから、車でどこかに遠出するのでもいいのに』

『駄目ですか？　お料理でもお菓子でも、どっちでもいいんですけど……奏佑さんとやってみたくて』

『一乃ちゃんが望むなら、喜んで』

彼が教えてくれたのは、フランスのブルターニュ地方の郷土菓子である〝サブレ・ブルトン〟だった。

ブルターニュは海に面した地域のために塩作りが盛んで、フランスで唯一お菓子作りに有塩バターを使う地方だというが、奏佑のレシピはそれをショコラ風味にし、フルール・ド・セルという大粒の天日塩を加えるアレンジだ。

生地を仕込んだあとは一日冷蔵庫で休ませ、そのあいだに街まで繰り出してランチと買い物デートを楽しんだ。夕方に帰ってきて生地を型抜きし、一六〇度のオーブンで十五分ほど焼くと、発酵バターの香りとショコラの甘さ、まろやかな塩気を併せ持つサクサクのクッキーができ上がり、一乃はすっかり感激してしまった。

『おうちでこんなに美味しいクッキーができるなんて、すごいですね。まるで売ってるものみたい』

『粉の配合ももちろんあるけど、計量を厳密にしてしっかり生地を休ませれば、ちゃんと美味しいものができ上がるよ』

土曜の夜から日曜の夜までずっと一緒にいたことで、一乃はより彼のことが好きになった。

間近でプロのパティシエの手付きを見ることはとても興味深く、折に触れてキスしてくるところや、至れり尽くせりな気遣いなど、奏佑には常に余裕がある。ベッドの中でも優しく情熱的で、一乃は彼の愛情を強く感じることができた。しかし奏佑とのつきあいが順調である一方、いつか足元をすくわれそうな、そんな一抹の不安を感じている。

そのときふいに一乃は、横から声をかけられた。

「あら大石さん、うちのジュエリーを買うの？」

驚いて顔を上げると、そこには出先から戻ってきたらしいデザイナーの江木彩子が立っていた。考えに没頭していた一乃は、慌てて首を横に振って答える。

「あ、えっと……買えたらいいなと思ってカタログを開いて見てたんですけど、すごく高価でびっくりしていたところです」

――先週末、この会社に勤めてから初めての給料が出たため、「せっかくだから、自分で何か買ってみようか」と考えて軽い気持ちでカタログを見ていた。

そんな一乃の言葉を聞いた彼女が、笑って言う。

「これはショーに出展したもののカタログだから、それなりのお値段のものばかりが載ってるの。実際はもっと買いやすい価格帯のものもあるから」

「そうなんですか？　すみません、わたし、勉強不足で」

一乃は立ち上がり、彼女に向かって問いかける。

「よかったら、コーヒー淹《い》れましょうか。日本茶もありますけど」

「あ、日本茶がいいな。私の部屋まで持ってきてもらってもいい？」

「はい」

現在三十五歳の江木は、数々のコンペティションで入賞経験のある、気鋭のジュエリーデザイナーだ。才能に溢《あふ》れた女性だが気さくで優しく、歓迎会のときに話して以降、事務所にいつもいて顔を合わせることが多い一乃を可愛がってくれていた。

給湯室で温かい緑茶を淹れた一乃は、お盆を手に江木の部屋に向かう。クリエイティブディレクター兼ジュエリーデザイナーである彼女は社内に個室を持っており、普段はそこでデザインを描き起こしたり、ジュエリーの原型を作ったりしていた。

ノックをして中に入ると、デスクの上に描きかけのラフがあるのが見える。パソコンの前でマウスを動かしていた江木が、笑顔で言った。

「ありがとう。もらい物のお菓子があるんだけど、座って一緒に食べない？」

「いいんですか？」

「ええ。ここのショコラ、美味しいのよね」

勧められた箱にはBoite a bijoux secret《ボワット　ア　ビジュー　セクレ》のロゴがあり、奏佑の店の商品だと知った一乃は気恥ずかしさをおぼえる。しかし彼女が「美味しい」と言っているのを聞いて、誇らしい気持ちになった。

（やっぱり奏佑さんの作るお菓子って、評判なんだ。会社で食べるなんて、何だか不思議な感じ）

「あ、これがlupus《うち》の手頃な価格帯のカタログよ。ネックレスとかブレスとか、大石さんならこんなのが似合うんじゃないかな」

江木が勧めてきたのは数万円の商品で、一乃でも買えそうな価格のものだ。

デザイナーである彼女の提案するものは的確で、一乃は興味津々でカタログを眺める。

そして江木に問いかけた。

「この商品は、お店に行けば買えるんですか？　市内にはいくつか置いてるところがあるんでしたっけ」

「社割が利くから、私に言ってくれれば在庫を確認して購入手続きができるわ」

それからいろいろと世間話に花を咲かせ、やがて休憩時間が終わりに近づく。一乃が「お菓子、ご馳走《ちそう》さまでした」と言って仕事に戻ろうとしたところ、彼女がふいに「あ、待って」と言った。

一乃が驚いて足を止めると、江木はしばらく逡巡《しゅんじゅん》したように言いよどむ。やがて顔を上げた彼女が、口を開いた。

「――ごめんなさい。実はあなたに、相談したいことがあって。大石さんは口が堅いと思うから、話すけど……このあいだ、ネットで気になるものを見つけたの」

「えっ？」

「フリマサイトで、lupusの商品と思われるものが同じユーザーからいくつも〝新品〟として出品されていたの。それは青山にある直営店でしか販売していない限定アイテムで、うちの直販は原則として値引き販売はしないわ。それなのに一人でいくつも新品を購入して、フリマサイトで金額を定価より二割も安く売るなんて、おかしいでしょう？　もしかしたら偽物を作って販売しているのかもって、気になっていて」

フリマサイトでの出品状況を確認すると、偽物を作って売っているにしては流通量が少なかったらしい。

lupusは値引き販売をしないという前提からいうと、定価で買った人が低い価格で〝新品〟を出品するとは思えない。ジュエリーは身に着けると微細な傷ができて使用感が出てしまう都合上、うかつには新品とは書けないはずだ――というのが江木の持論だった。

一乃は戸惑いながら問いかけた。

「それって、つまり……」

「よくできた模造品か、新品なら社員が何らかの形で関わっているんじゃないかと思ってる。たとえば在庫の横領とかね。もちろんその場合はれっきとした不正で、会社に対する背任行為になるわ」

「横領……」

突然そんな話を聞かされ、一乃は思わず絶句する。

詳しい話はよくわからないものの、会社として今の状況を看過できないことは、容易に想像がついた。江木が言った。

「まだ調べ始めたばかりで、私のほうでも情報が不足しているの。だから信頼できる仲間が欲しいと思っていて、大石さんに話したってわけ」

もう一人の事務員である田中絵里子《たなかえりこ》は噂《うわさ》好きで口が軽いため、話すべきではないと判断したらしい。社長の高野とは既に情報を共有しており、現在他に出品されているサイトがないかの確認と、出回っているものが本物かどうかを確かめるため、フリマサイトで商品を購入する手続きを進めているという。彼女が言葉を続けた。

「事務職は社内のあちこちの部署の人間と接することが多いし、いろいろな伝票処理もするでしょう？　くれぐれも今回の件は他言せず、気になることがあったら私に逐一報告してくれないかしら。お願いします」

＊　　＊　　＊

店が通常通り営業している午後、昼休みに事務所でメールの返信をしていた奏佑は、送信ボタンを押す。そしてパソコンを閉じて厨房《ちゅうぼう》に戻ると、成瀬が話しかけてきた。

「青柳さん、アシェットデセールの試作、味見してもらっていいですか？」

「うん、いいよ」

比較的暇なこの時間帯は、こうしてそれぞれの試作品の味見をしたり、欠品になりそうなものを作ったりしている。

やがて成瀬が大きな皿を目の前に置き、奏佑は微笑んで言った。

「うん、色がきれいだね」

メインはスプーンで置いたショコラのムースグラッセで、皿に置いた赤い紅玉林檎《こうぎょくりんご》のソースとマンゴーソースのコントラストが美しく、隣のブラックベリーのソルベがシックな色味を添えている。

そこに甘夏ジャムを挟んだシナモンショコラのマカロンと、シナモンのシュトロイゼル、色とりどりのドライフルーツが宝石のように散りばめられ、見た目の完成度は高かった。

奏佑はまず、ショコラのムースグラッセを口に入れる。ムースを凍結させたアイスクリームであるこれは、カカオのビターな味わいと口どけがよかった。続いてブラックベリーのソルベを食べた奏佑は、意外な味に目を瞠る。

「このソルベ、スパイスが入ってるんだ。クローブとナツメグ？」

「オールスパイスも、少しだけ。酸味と甘さだけじゃ単調かなと思ったので、アクセントにと思ったんですけど」

「うん、美味い」

マカロンやシュトロイゼルはシナモンの香りで、くどくない程度の匙加減《さじかげん》がちょうどいい。奏佑は笑顔で言った。

「成瀬さんは、スパイスの使い方が上手いね。色味もいいし、きっと女の子に受けるよ。これにキャラメリゼした林檎かバナナのフランベを添えて、デセールに出すのを検討しようか」

「ありがとうございます」

こうして他のパティシエの作ったものに触れると、いい刺激になる。奏佑は自分の仕事に戻りつつ、頭の中で考えた。

(俺も負けてられない。成瀬さんがスパイスでくるなら、俺は紅茶をテーマに新作を考えようかな)

スパイスも紅茶も、寒い時季には人気の素材だ。

夕方になると店舗のほうが少し混み合い、奏佑は接客に出る。商品を梱包《こんぽう》し、会計をして客にお釣りを笑顔で手渡した奏佑は、ドアベルが鳴る音を聞いて顔を上げた。

「いらっしゃいませ、……」

そこにいる人物を見て、思わず言葉を途切れさせる。

襟周りにファーが付いたグレーのコートを羽織った細身の女性は、三十代後半くらいに見えた。化粧は濃く、目と唇を強調していて、自己主張が激しい印象だ。全体に金がかかった身なりであるものの、品があるとは言い難い。

彼女が誰であるのかがわかった奏佑は、みるみる顔色を変えた。それに気づいた真鍋が、隣から不思議そうに問いかけてくる。

「……青柳さん?」

「ごめん、すぐ戻る」

カウンターを出た奏佑は大股で女に近づき、その腕をつかむ。そして強引に店の外に連れ出すと、入り口から見えない建物の横まで行って手を離した。女が手首を押さえ、抗議してくる。

「ちょっと、痛いわ。乱暴なことしないで」

「――一体何のつもりだ」

　彼女の言葉を遮った奏佑は、きつい口調で問いかける。

「いきなり俺の店に来るなんて、迷惑もいいところだ。あんたに売るものなんか、何もない。今すぐ帰ってくれ」

「冷たいこと言わないで。知らない仲でもないのに」

　ハイヒールを履いても小柄な彼女は、奏佑に媚《こ》びるような眼差しを向けて笑った。

「久しぶりね、奏佑くん。元気そうでよかった。しばらく見ないうちに、いい男になっちゃって」

「…………」

「あなたが載ってる雑誌を見て、会いたくなってここに来たの。それにしても、すっごく人気があるお店なのねえ。店頭にいるお客さんが多かったし、カフェだって」

　奏佑は苦々しい気持ちで、彼女――青柳美和子《みわこ》を見下ろす。

　彼女に会うのは、十数年ぶりだった。これまで極力接点を持たずにきたのに、こうして突然店に来られてしまい、ふつふつと怒りがこみ上げる。こちらの苛立ちを感じたのか、美和子が苦笑いして言った。

「そんな顔しないでよ。確かに昔は多少のいざこざがあったけど、私は奏佑くんのこと、恨んでないわ。だって反抗期みたいなものでしょ？　ああして尖《とが》りたい時期だったのよね、わかってるから」

「……っ」

奏佑は信じられない気持ちで、彼女を見つめる。

美和子を拒絶するきっかけとなった〝いざこざ〟は、彼女が加害者側であったはずだ。それなのになぜ被害者のような顔で、「恨んでいない」などと言えるのだろう。

(そうだ……この女はあのときもこうやって事実を歪曲《わいきょく》して、親父に伝えてたっけ)

結局何年経っても、性根は変わらないということなのかもしれない。

それに対しては驚きも何もないが、先ほどから舐《な》めるような眼差しでこちらを見ていることが、不快でたまらない。嫌悪感を募らせる奏佑の手に触れ、美和子が言った。

「あなた、二年ちょっと前にこのお店を始めてから、全然実家に顔を出さないでしょう。一度帰っていらっしゃい、宏史《ひろふみ》さんも会いたがってるわ」

「……親父と話をするのにあんたの仲介なんかいらないし、必要なら直接連絡を取る。いちいち首を突っ込むな」

乱暴に彼女の手を振り払い、奏佑は踵《きびす》を返す。だがどうしても言っておかなくてはならないことを思い出し、チラリと美和子を見て告げた。

「それから、何度来てもうちの商品を売るつもりはないから。……わかったら、二度とここには来ないでくれ」

　店に戻り、小さく息をつく。

　接客の忙しさは小休止していて、カウンター内にいた真鍋が心配そうにこちらを見た。

「青柳さん、さっきの方は……」

「ああ、ちょっとした知り合い。悪いけど、もしまた来店することがあったら、すぐ俺に教えてくれる？」

「わかりました」

　厨房の脇を通り過ぎ、奏佑は事務所に入る。そしてドアを後ろ手に閉め、苦い気持ちを噛《か》みしめた。

（一体どの面下げてこの店に来たんだか。厚顔無恥っていうのは、ああいう女のことを言うんだろうな）

　Boite a bijoux secret《ボワット ア ビジュー セクレ》は、オープン以来雑誌やテレビに何度も取り上げられている。インターネットで検索すれば、過去の記事や口コミなどがいくつも出てくるはずだ。

　おそらく美和子は、それを目にしてこちらに興味を持ったに違いない。苛立ちをおぼえ、奏佑は深く息を吐きながらパソコン前の椅子に腰掛ける。

　――彼女と関わることになった発端は、十二歳の頃まで遡る。小学三年のときに両親が離婚し、不動産業を営む父親の元に引き取られた奏佑は、六年生に進級して間もなく彼から再婚することを告げられた。

義理の母親となった美和子は当時二十六歳と若く、奏佑と十四歳差だった。聞けば高級クラブで働いていたホステスで、父の宏史とは一年ほど交際していたらしい。美貌とスタイルに自信があった彼女は父に取り入り、まんまと後妻の地位を射止めるのに成功した。

家では古参の家政婦が家事のすべてをこなしていて、その生活に慣れていた奏佑は突然できた〝母親〟にひどく困惑したものの、「彼女は父の妻になっただけで、自分の母親になったわけではない」と気持ちに折り合いをつけ、あまり関わらないようにしていた。

父と結婚したあとの美和子は、毎日買い物やエステ、パーティーに明け暮れ、経済的に豊かな暮らしを満喫していた。そんな彼女が奏佑に対して興味を抱き始めたのは、中学二年生になってからだ。

その頃の奏佑はぐんと背が伸び、大人びた雰囲気になりつつあった。少しずつ美和子から話しかけられる機会が増え、ボディタッチが増えていって、奏佑は煩わしさをおぼえていた。

彼女と馴《な》れ合う気はまったくなく、女性として意識したこともない。むしろ「苦手なタイプだ」と思い、あえて距離を取っていたのに、美和子はどんどん無遠慮さを増して奏佑の部屋にまで入ってくるようになった。

それまでの二年間はこちらに興味を示さなかったのに、いきなり母性に目覚めたのだろうか。「彼女からの過剰な干渉を、父親に相談すべきか」と考えていた中学二年生の秋に、事件は起きた。

　父が出張でいないある日、ふと重みを感じて深夜に目を開けると、バスローブ姿の美和子が上からのし掛かっていた。驚く奏佑に対し、彼女は淫蕩《いんとう》な顔で笑った。

『奏佑くん、女の子の身体に興味があるでしょう？　隠さなくてもいいのよ』

　突然のことに混乱し、「何言って……」とつぶやくことしかできない奏佑の胸に触れながら、美和子は言った。

『最近の奏佑くん、背が伸びて大人っぽくなったなーって思ってたの。ね、私がいろいろ教えてあげる。秘密の関係になりましょう、もちろん宏史さんには内緒でね』

　――彼女は自分を、性の対象として見ている。

　そう悟った瞬間、奏佑の中に湧き起こったのは、猛烈な拒否反応だった。父の妻で自分の義理の母親という関係性、それに二十八歳という年齢であるにもかかわらず十四歳の中学生を誘惑しようとするそのメンタルに、吐き気がするほどの嫌悪がこみ上げる。

　毒々しい色のネイルを塗った手がTシャツの下の脇腹に直に触れたとき、奏佑はこみ上げる衝動のまま自分の上にのし掛かる美和子の腹を思いきり蹴飛ばしていた。受け身も取れずに床に落ちた彼女は、信じられないという顔で喚いた。

『痛い、何すんのよ！』

『何すんのじゃねーよ。キモいんだよ、あんた。いい大人が中学生相手に迫ってくるとか、頭おかしいんじゃないのか』

　にべもない拒絶と〝キモい〟という暴言が許せなかったのか、美和子は顔を歪《ゆが》めて唸《うな》るように言った。

『何よ……仲良くしてあげようと思ったのに。ちょっと顔がいいからって、調子に乗ってんじゃないわよ』

『顔なんて関係ないだろ。さっさと出てけよ。俺、あんたに興味ないから』

　彼女は悔しそうに奏佑を睨《にら》み、足音荒く部屋を出ていった。

　彼女が去ったあと、「父さんに報告したほうがいいかな」と考えたものの、出張中にわざわざ電話をするのは気が引ける。そう思い、帰宅するのを数日待つことにしたが、父は帰ってくるなり奏佑に向かって思わぬことを言った。

『お前、美和子のことを、その……襲おうとしたんだって？　一昨日の夜、彼女が泣きながら電話をしてきた』

『……は？』

　奏佑がうかうかしているうちに美和子は先手を打ち、自分にとって都合のいい嘘《うそ》を父に吹き込んでいた。

　これまで胸や脚をジロジロ見られ、「自分は義理の息子から女として見られているのではないか」という危機感をおぼえていた。そんな中、父が不在の夜に奏佑に寝室に忍び込まれ、身体を触られて危うくレイプされそうになった——というのが、彼女の主張のようだ。

　しかもその際、美和子は拒絶するために奏佑の腹を蹴ってしまい、「やり過ぎてしまったかもしれない」と言ってさめざめと泣いていたという。しかも抵抗の証拠として、脚にできた痣を見せたらしい。

（ふざけるな。〝義理の息子が、自分の胸や脚をジロジロ見てくる〟とか、三流のＡＶかよ。夜這《よば》いを仕掛けて拒絶されて、挙げ句に俺に腹を蹴られたのは、お前だろうが）

　あまりに馬鹿馬鹿しいその内容に呆《あき》れ果てながら、奏佑は父に問いかけた。

『それで父さんは、向こうの言い分を信じるのか？　――息子の俺じゃなく、あの女を』

　すると父は気まずそうな表情になり、歯切れ悪く言った。

『お前は「事実じゃない」と言わんばかりのニュアンスで話すが、美和子がそんなことを言い出す理由がない。彼女はあのとおり若いし、お前は年齢的に異性に興味を持っておかしくない時期だ。だから……』

『わかった。もういいよ』

　あの日、自宅にいたのは奏佑と美和子の二人だけで、どちらが正しいことを言っているかを証明するのは不可能だ。

　彼が血の繋《つな》がった息子ではなく、妻である彼女の肩を持つというなら、勝手にすればいい。そう考えた奏佑は、翌日から自室に鍵を付け、美和子との接触を徹底的に避けるようになった。

父と会話することもなくなり、一年余りあとの高校進学の際には「実家を出て、独り暮らしをしたい」と希望して、息子の変化のきっかけが自分の発言だという自覚があったらしい父は、それを渋々了承した。

そうして高校進学を機に実家を出て以降、奏佑は彼らとほとんど接点を持たずに暮らしてきた。高校卒業後は母方の祖母が遺してくれた遺産を使って製菓学校へ進学し、基礎を学んだあと、五年間フランスへ留学した。

途中、何度かビザの関係で帰国したときも、実家に帰ることはなかった。留学を終えて帰国し、地元に戻った二年前、店を開業するに当たって融資を頼みにいったのが、父との数年ぶりの会話だ。

綿密な事業計画や返済計画を提示し、「銀行より安い金利で、開業資金を融資してもらえないか」と頭を下げると、父は他人行儀な奏佑の態度に物言いたげな顔を見せながらもそれを承諾した。

先ほど美和子に会ったのは十四年ぶりのことだったが、姿を見るなりすぐに彼女だと気づいた自分を、奏佑は苦々しく思う。もうとっくに忘れたと思っていたのに、中学二年生のときに感じた強烈な嫌悪を思い出し、ひどく不快になっていた。

（あの女の喋《しゃべ》り方、媚びるような視線……全然変わってなかった。今さら俺に接触してくるなんて、本当にふざけてる）

奏佑の中に〝女は平気で嘘をつく、利己的な生き物だ〟という歪んだ価値観を植えつけたのは、間違いなく美和子だ。成長するにつれ、そうではない女性もたくさんいるのだと理解したものの、どうしても恋愛感情で異性を好きになることができなかった。

（……それを払拭してくれたのが、一乃ちゃんなんだよな。俺にとっては、初めてちゃんと好きになった相手だといっていいのかもしれない）

どうやら会わなかったあいだに美和子は美容整形したらしく、目が昔より大きくなって、鼻筋も少しいじったようだった。

体型も細く、パッと見は美しく見えるかもしれないが、彼女の本性を知っている奏佑はまったく心を動かされることはなかった。

ふつふつとこみ上げる苛立ちを感じながら、奏佑は考える。美和子が今後この店に来ないとは、残念ながら言い切れない。先ほどの態度からすると再び自分に興味を持っているようにも見え、粘着されることを想像して嫌な気持ちになった。

（そうだ。もしあの女が、一乃ちゃんと俺が一緒にいるところを見たら……）

奏佑と一乃がつきあっていることを彼女が知った場合、おかしなちょっかいをかけられないとも限らない。

一乃にあることないことを吹き込まれる事態だけは、断じて避けたかった。何よりも自分が嫌い抜いている人間に、彼女を接触させたくない。

しばらく考えた奏佑は、やがてスマートフォンを取り出す。そして通話アプリを起動させ、一乃にメッセージを送った。

（かなり不本意だけど、仕方ない。……こうするのが一番なんだから）

きっぱり美和子の存在を断ち切りたいが、何らかの実害が出なければそれは難しい。

ぐっと気持ちを押し殺し、仕事に戻るべく立ち上がった奏佑は、ドアに向かいながら物憂いため息をついた。

＊　＊　＊

十月も末近くになると、山間部の初冠雪の便りが届き始める。日中の気温は十度程度とぐっと低くなり、風が吹くと思わず息を詰めてしまうほどの肌寒さを感じた。

午後五時過ぎの外はすっかり暗く、街中はネオンが眩《まぶ》しかった。退勤し、バスターミナルに向かって歩きながら、一乃は足元に視線を落とす。

（何だか複雑な話を聞かされちゃったな……。社員の不正なんて）

ジュエリーデザイナーの江木から「lupus《うち》の商品がフリマサイトで定価以下で出品されている。模造品が出回っているか、社員が何らかの形で関わっているかもしれない」と聞かされたのは、今日の昼休みのことだ。

この件について彼女と社長の高野はまだ調べ始めた段階であり、事務職として社内の多くの人間に関わる一乃に協力を要請してきた。「何か気になることや、不審な伝票などがあったら報告してほしい」と言われた一乃は、あれから複雑な気持ちを持て余している。

（わざわざわたしに話をしたのは、「口が堅そうだから」って言ってたけど。あんな話を聞かされたあとだと、誰も彼も疑心暗鬼の目で見ちゃう）

在庫商品の横流しなど、そんな簡単にできるのだろうか。

もし在庫のデータを改ざんしていたら、事実は発覚しにくい。全国にあるいくつかのショップで実際の在庫の数を確認し、それをデータと突き合わせる作業が必要になる。会社内に不正を働く人間がいることより、いっそ外部の人間が作った模造品であるほうが、高野や江木は気が楽なのかもしれなかった。

そんなことを考えながら一乃はバスに乗り、帰宅する。すると早番で先に帰ってきていた姉の由紀乃が、こちらを見て言った。

「おかえり」

「ただいま」

彼女もたった今帰ってきたところらしく、まだ通勤着のままだった。部屋着に着替えながら、由紀乃が愛想のない口調で問いかけてくる。

「あんた、今日はうちで晩ご飯食べるの？」

「う、うん」

「あっそ」

姉の態度が冷ややかで刺々しく、一乃は気まずくなってうつむく。

こうして姉妹で暮らし始めて二ヵ月が経つが、ここ最近一乃と彼女の仲はぎくしゃくしていた。理由は、一乃が奏佑とつきあい始めたからだ。

そもそも最初から由紀乃は彼のことを「住む世界が違う」「あまり深入りしないほうがいい」と言っていて、積極的に関わりを持つことに釘《くぎ》を刺していた。

しかし一乃が奏佑と会うようになり、手編みのマフラーを作っていたりするのを見て、「怪しい」と思っていたらしい。やがて彼にプレゼントされたドレスを着てパーティーに出掛け、その夜に初めて抱き合って帰宅が遅くなったとき、彼女は一乃に向かって言った。

『あんた、例のショコラティエとつきあってるんでしょ。その高いドレスもあの人に買ってもらったの？』

『これは……ワインのパーティーに誘われて、わたしが着ていくものがなかったから』

『へえ。それでまんまとヤられちゃったってわけ』

由紀乃は一乃の帰宅時間が遅かったこと、そして微妙な雰囲気の変化から、何があったのかを察したらしい。

咄嗟《とっさ》に答えられずに視線を泳がせる一乃に対し、彼女がぶつけてきた言葉は辛辣なものだった。

『馬鹿じゃない？　あんないかにも百戦錬磨っぽい男の手管に絆《ほだ》されるなんて、いくら何でもチョロすぎでしょ。くれぐれも深入りしないようにって、私はあんたに忠告したよね？　それなのに頻繁に食事に行ったり、手編みのマフラーまで編んでやった挙げ句、美味しくいただかれちゃうなんて。有名人のイケメンが、今までとは毛色の違う女と遊んでみたかっただけなんだよ。いい加減目を覚ましなよ』
『青柳さんは……そんな人じゃないよ』
『あんたみたいな田舎娘が珍しいだけだってば。どうせすぐに捨てられるんだから、本気になるだけ無駄無駄』

由紀乃の言葉はあまりにも一方的で、一乃の中に怒りがこみ上げた。

普段の一乃は人と争うことを好まず、言い返したりしない性格だったが、この件に関してはどうしても看過できない。一乃は姉に対して強く抗議した。

『何も知らないくせに、そんな言い方しないで。青柳さんは優しい人だよ。わたしの気持ちが追いつくまで、ずっと紳士的に待ってくれたんだから』

『あのね、あんたが世間知らずの小娘だって知ってるからこそ、姉の私が忠告をしてやってるの。何で逆切れしてんのよ』

『逆切れなんかじゃない。お姉ちゃんの発言の根拠は、個人的なイメージとか想像でしょ。青柳さんにあまりにも失礼だよ、直接顔を見て挨拶もしてくれたのに』

由紀乃は断固として謝らず、一乃もそんな姉を許せない部分もあり、あれから冷戦のような状態が続いている。

それでも一乃は気を使い、いつもどおりの態度を取るように心掛けて、由紀乃が当番の日に少しは楽ができるよう、週末におかずの作り置きをした。彼女はそれを拒絶せず、用意したものはちゃんと食べてくれるが、互いにぎくしゃくしている感は否めない。

しかも数日前の土曜に一乃が奏佑のマンションに泊まったことで、由紀乃の態度は目に見えて刺々しくなってしまった。姉の背中を見つめながら、一乃は小さく息をつく。

（何でこんなふうになっちゃったんだろう。……お姉ちゃんと、仲良くしたいのに）

たとえ喧嘩《けんか》をしても、由紀乃のことは好きだ。言葉はきついが面倒見のいい姉を、一乃は昔からずっと慕い続けている。

（もしかしたらお姉ちゃん、森山さんと上手くいってないのかな。奏佑さんのことは別にしても、何となくイライラしてることが多かったし）

由紀乃の交際相手である森山洋平は、一乃が勤めるlupus《ルプス》の社員だ。

営業部長である彼は商談で出払っていることが多く、一乃は面接以来親しく会話したことはない。姉の交際相手という事実は、あまり口にしないほうがいいのかもしれないと思い、社内の誰にも話してはいなかった。

彼女が森山とどんなふうに交際しているのかは、詳しく聞いていない。もしかすると、由紀乃の苛立ちの原因は彼との関係ではなく自分のせいかと思い至り、一乃はふと動揺する。

（そうだ。お姉ちゃんは今まで気ままな独り暮らしをしてたのに、わたしが急に転がり込んできたから……それでイライラしてるのかも。確かにこの部屋は、二人で住むには手狭だし）

いくら姉妹でも、狭い空間にずっと一緒にいれば気疲れすることがある。自分たちは両親の離婚のせいで長く離れて暮らしていたため、余計にだ。

同居を始めて以降、一乃は奏佑と会っていて帰りが遅くなることが多かったが、それについても「勝手なことばかりして」と思われているのかもしれない。

（わたし、この部屋を出たほうがいいのかな。お祖母ちゃんの家を売ることになったとき、お姉ちゃんが「一緒に暮らそう」って言ってくれて、すごくうれしかったけど……甘えすぎてたのかもしれない）

物理的に距離を取ったほうが、姉との関係は改善されるだろうか。

そんなことを考えた一乃は、ふいにスマートフォンにメッセージが届いたことに気づく。送ってきたのは奏佑で、何気なく開いた一乃は、その文面を見て目を見開いた。

（えっ……？）

そこには「事情があってしばらく会えなくなった」「申し訳ないけど、店のほうに来るのも遠慮してほしい」と書かれている。

突然の拒絶めいた文面に、一乃は戸惑いをおぼえた。

（奏佑さん、どうしたんだろう。いきなり「しばらく会えない」なんて）

店は通常どおり営業しているようだが、何かあったのだろうか。〝事情〟が何なのか見当もつかず、どう返していいかわからなくなる。

根掘り葉掘り聞くのは憚《はばか》られ、とりあえず「わかりました」とだけ返信したものの、一乃は釈然としない気持ちを持て余した。そのときふいに由紀乃に言われた「有名人のイケメンが、毛色の違う女と遊んでみたかっただけ」「どうせすぐに捨てられる」という言葉が脳裏によみがえり、ヒヤリとする。

（そんなことないよね。きっと奏佑さんには、何か事情があって……それで）

今はまだ店が営業中の時間のため、落ち着いたら電話などで事情を説明してくれるはずだ。

そう考えていたものの、結局その夜は奏佑からの連絡はなかった。翌朝も「おはよう」とだけメッセージがきたもののそれ以外は何のコメントもなく、一乃はモヤモヤしながら出勤する。

しかしそれが三日、四日と続くと、次第に不安になってきた。

（奏佑さん、前はあんなに連絡くれたのに……もう何日も会ってない）

確かに彼は自分の店を経営するオーナーパティシエで、かなり多忙なのは理解できる。これまでは一乃と会うために、必死で時間を捻出してくれていたに違いない。だからこんなふうに思うのは、我が儘《まま》だと自分に言い聞かせつつも、心には不安ばかりがこみ上げていた。

（わたし、依存しすぎてたのかな……。奏佑さんの優しさに甘えて、気遣いが欠けていたのかも）

彼のことを思うなら、もっと早く会う頻度を減らすべきではなかったか。そんなふうに自分を責めるうちに気持ちが沈んで、今日は弁当を作る気力がどうしても湧かなかった。

昼休み、一乃は財布を持ってビルの地下一階にあるブーランジェリーに向かう。下りのエレベーターを待っていると、扉が開いて三十代の男性が中から出てきた。

彼はこちらを見つめ、目を瞠る。

「君は……」

「あ、お疲れさまです」

一乃は慌てて挨拶をする。彼——森山洋平が、微笑んで言った。

「もしかして、これからお昼？」

「はい。今日はお弁当がなくて、階下《した》まで買いにいこうと……」

すると森山が、思わぬ提案をしてきた。

「じゃあ、僕と一緒にランチはどうかな」

「えっ」

「ほら、行こう」

ちょうど下に行くエレベーターがやって来て、一乃は強引に中に連れ込まれる。扉が閉まり、動き出した箱の中で彼が笑った。

「君と話がしてみたいと思ってたんだ。面接以来、僕が外に出払ってばかりで、全然機会がなかったから」

「そ、そうですね」

確かに森山は出掛けていることが多く、一乃の歓迎会のときも出張で参加できなかった。このひと月半、ろくに話をする機会がないまま今日まできている。

（そういえばわたし、この会社を紹介してくれたお礼を、森山さんにちゃんと言えてなかったな）

ならばこのランチは、いい機会だ。

森山が向かったのは、ビルの一階にあるスープカレーの店だった。一乃はベジタブルカレー、彼は鶏と野菜のカレーを注文し、オーダーを受けた店員が去っていく。森山が水を飲みながら口を開いた。

「君が入社して、一ヵ月半くらい経つんだっけ。会社にはもう慣れた？」

「はい。周りの方たちに仕事を丁寧に教えていただけて、ようやく慣れてきました」

一乃は居住まいを正し、向かいに座る彼に向かって頭を下げた。

「改めて、この会社に誘っていただいたことにお礼を申し上げます。本当にありがとうございました」

「ああ、気にしなくていいよ。うちも人手が足りなくなりそうで困っていたし、それに君は由紀乃の妹だしね」

森山がニッコリ笑い、こちらに身を乗り出すようにして言った。

「君たち二人は、姉妹なのに全然似てないな。由紀乃ははっきりした顔立ちだけど、君はふんわりした癒し系で」

「顔が似てないのは、昔からよく言われます」

「面接のときも思ったけど、近くで見ると本当に可愛いね。肌がきれいで目が大きいし、髪もサラサラだし、小柄で華奢《きゃしゃ》なところとか庇護欲《ひごよく》をそそる。清楚《せいそ》で純朴そうなのが、またいい」

「……あの」

ジロジロと無遠慮に眺めたあと、「一乃ちゃんって呼んでいい？」と聞かれ、一乃は困惑した。

（そんな、下の名前を呼ぶなんて……同じ会社に勤めてるのに）

確かに彼は〝姉の交際相手〟だが、少し馴れ馴れしいのではないか。

その後、スープカレーが運ばれてきて食べ始めたが、彼は最近買った新車のことや東京出張の際に行った店についてを話し、ひどく饒舌《じょうぜつ》だった。一乃はときおり相槌《あいづち》を打ちながらその話を聞いていたものの、ふと森山のスーツの袖口から垣間見える腕時計に目がいく。

（森山さん、すごい時計してる。ブランドのこととかよくわからないけど、かなり高そう）

lupus《ルプス》は急成長しているジュエリーブランドのため、営業部長である彼はそれなりの給料をもらっているのかもしれない。

「……ちゃん、一乃ちゃん、聞いてる？」

ふいに呼ばれているのに気づき、一乃は我に返る。森山がこちらを見つめていて、慌てて返事をした。

「はい」

「今度、二人で食事でもどうかって言ってるんだけど。こんな安い店じゃなく、ちゃんとしたところで」

一乃は戸惑い、控えめに言った。

「あの……姉も一緒に、ですよね？　森山さんは、姉の交際相手なんですから」

たとえ姉が一緒でも気が進まず、「断らなければ」と考えていると、彼は思わぬ返答をする。

「いや。僕と君の、二人きりでだよ。もちろん由紀乃には内緒で」

「――――」

一乃は唖然《あぜん》とし、目の前の森山を見つめる。

彼はどういうつもりで、こんな提案をしているのだろう。初めて会ったときは落ち着いて感じのいい大人の男性だと思っていたが、こうして話してみるとだいぶ印象が違う。

（何か、この人……苦手かも）

馴れ馴れしい口調、いきなり無遠慮に距離を詰めてくるところなど、一体何を考えているのかわからない。

一乃は精一杯言葉を選びながら言った。

「それは困ります。姉に何と言っていいのかわかりませんし、それに森山さんはわたしにとって会社の上司に当たる人ですから、節度を持った距離を保たないと」

それを聞いた森山はじっとこちらを見つめ、やがてニッコリ笑って答える。

「やだなあ、そんな真剣な顔して。もちろん冗談だよ。一乃ちゃんはどう返すのかと思ったけど、見た目どおり真面目なんだな」

「じょ、冗談ですか……」

一乃がホッとすると、彼はニコニコしたまま言葉を続ける。

「ああ。冗談なんだから、今の話は由紀乃には話さなくていいよ。変に誤解されても嫌だし」

「あ、はい」

「今度三人で食事に行こう。由紀乃も一緒なら構わないだろう？　そうだ、今月末の彼女の誕生日とかどうかな」

突然そんな提案をされ、一乃は慌てて首を振る。

「そんな。誕生日は普通の日と違って特別なんですから、わたし抜きで二人で行ってください」

「由紀乃は可愛い妹である君が一緒なら、逆にうれしいんじゃないかな。あ、何かサプライズを考えるのもいいね」

森山は「だから」と言って、さらなる提案をする。

「君の連絡先を教えてくれる？　由紀乃に内緒で打ち合わせできるように」

「それは……」

「ほら、早く」

にこやかな顔の圧力に屈し、一乃はぎこちなくスマートフォンを取り出す。

電話番号と通話アプリの交換までさせられ、ひどく困惑していた。そんな一乃をよそに、森山は上機嫌で時刻を確認する。

「一時半から商談があるから、僕はそろそろ出ないと。あ、ここの支払いは気にしないで」

「そ、そんな」

彼は伝票を手に取り、「じゃあ、お先に」と言って笑顔で去っていく。その後ろ姿を、一乃は複雑な気持ちで見送った。

（森山さんに、アドレスを知られちゃった。……連絡をされても困るんだけど）

由紀乃との間に割り込む気は毛頭なく、どちらかといえば彼のことは苦手だ。

先ほどは「冗談だ」と言っていたが、ああして返答に困るような誘いをかけてくる時点で、人間性を疑ってしまう。

（でもお姉ちゃんとは一年くらいつきあってるって言ってたし、きっといいところもあるんだよね。……わたしが過剰反応しすぎなのかな）

ため息をつき、残りわずかなスープカレーを口に運ぶ。

テーブルに置きっ放しのスマートフォンが目に入ったが、何も通知はない。以前は朝昼晩と、奏佑が必ず他愛もない内容のメッセージをくれていた。しかしここ数日はぐんと回数が減り、昨夜は「なかなか連絡できなくてごめん」「なるべく早く会う時間が作れたらと思ってるけど、今は目途が立たない。本当に申し訳ない」というメッセージがきていた。

（やっぱり明日がハロウィンだから、忙しいのかな。パティスリーはそういうイベント事のときが大変だって、前にも言ってたし）

せめて声が聞きたいと思うが、電話をしていい時間がわからない。もし邪魔になったらと思うと途端に気持ちが挫けて、結局連絡できないまま時だけが過ぎていた。

（……会いたいな）

こうして離れている時間が長くなると、これまでの自分がいかに奏佑に甘やかされていたのかがよくわかる。

まめに連絡し、忙しい中でも会う時間を作って、彼は一乃が寂しいと感じる暇もないくらいに細やかな愛情を向けてくれていた。奏佑の端整な顔、ベッドの中での情熱を秘めた眼差しを思い浮かべると、胸がきゅうっとする。あの指の長い大きな手で頬を撫《な》でられたり、彼の髪からほのかに香るショコラの甘い匂いを嗅ぐのが、一乃はとても好きだった。

何より自分を抱きしめる腕の強さ、見た目よりしっかりした硬い身体やその体温を感じるのは、言葉にできないほどの安堵《あんど》をもたらした。誰かと恋人といえる関係になったのは初めてであるものの、恋愛がこれほどまでにメンタルに影響して胸を苦しくさせるものだとは、一乃は知らなかった。

（お姉ちゃんは「それ見たことか」って思うかもしれないけど、わたしは奏佑さんを信じてる。……確かに急に態度が変わったけど、まったく連絡がないわけじゃないんだから）

せめて店に行って一目でも顔を見たいと思うが、彼には「来ないでほしい」と言われている。まるで拒まれているかのようなその言葉が、一乃をより苦しくさせていた。

気づけば目にうっすらと涙が浮かんでいて、一乃は意志の力でそれをぐっとこらえる。

そして残りのスープカレーを口に搔《か》き込みながら、心をひたひたと満たす寂しさから、目をそらした。

第九章

　それなりに多忙だったハロウィンを終えて十一月に入ると、パティスリーはクリスマスケーキの予約を始めるところが多くなる。

　Boite a bijoux secret《ボワット ア ビジュー セクレ》も多分に漏れず一日から予約をスタートしていて、十一月最初の週末である今日、店はいつもより混み合っていた。今月の半ばからはさまざまなパッケージのクリスマスギフトが並び始めるため、スタッフはその調整に余念がない。

　奏佑は厨房《ちゅうぼう》で、成瀬と堀に向かって言った。

「じゃあクリスマスギフトは、クッキー四種とブラウニー、パレットショコラ五種で決定。それと期間限定でベラベッカを出すけど、この仕込みは俺がやるから」

「了解です」

　ベラベッカはフランスのアルザス地方に伝わる、伝統的なクリスマス菓子だ。

　洋酒に漬け込んだドライフルーツとナッツがぎっしり詰まっていて、イースト生地をわずかな繋《つな》ぎにして焼き上げる。奏佑のレシピは洋梨とアプリコット、無花果、プルーン、レモンなどのドライフルーツの他、ナッツはクルミとアーモンドを贅沢《ぜいたく》に使い、スパイスはシナモンとカルダモン、クローブ、アニスを入れたリッチなものだ。

さくらんぼのブランデーであるキルシュやラム、ポートワインも入っているために香り高く、コーヒーによく合い、フレッシュチーズを載せてアペリティフとしても愉しめる。

クリスマスに向かうこのシーズンは、かなり忙しい。ケーキの予約がてら商品を購入していく人も多く、欠品が出がちで厨房はフル稼働なため、オーナーの奏佑は休みを返上して働く日が続いていた。

そんな日曜の午後三時、カフェで接客中の真鍋が遠慮がちに声をかけてきた。

「青柳さん、あの……」

彼女は「例の方がいらしています」と目線で示し、奏佑は小さく息をつく。

目を伏せ、身の内に渦巻く苛立ちをじっと抑えながら厨房を出ると、客席に毛皮付きのコートを着た派手な身なりの女が座っていた。奏佑が出てきたのを見た彼女が、笑顔で言う。

「ふふ、また来ちゃった。日曜のせいか混んでるのね」

「……クリスマスケーキの予約が始まりましたので」

「あら、じゃあ私もあとで予約して帰らなきゃ。今日は寒いから、ホットのカフェラテにしようかな。それとショコラチーズケーキのベリーソース、ピンクソルトのアイス添えをお願い」

「……お待ちください」

極力感情を表に出さないようにしながらも、心にはふつふつと怒りがこみ上げている。

青柳美和子がこうして店で我が物顔に振る舞うようになって、数日が経っていた。初めて来店した際は腕をつかんで外に出し、「二度と来るな」と告げたものの、その日の夜に彼女は外で退勤する奏佑を待ち構えていた。

「一緒に食事でもどう？」と誘うのをにべもなく断り、そのまま車で帰宅したものの、次の日は懲りもせず店に来て商品を大量に買い漁った。他の客の手前、販売を拒否することもできず、それでも店を出る美和子を追いかけた奏佑が「もう来るなって言っただろ」と告げると、彼女はにんまり笑って言った。

『私は奏佑くんと仲良くしたいだけよ。だって私たち、他人じゃないんだし』

『…………』

『もしあなたが私に冷たくするなら、お店の中で大騒ぎしようかな。そうしたら他のお客さんたちは、どう思うかしらね？　せっかく繁盛してるのに、口コミでいろいろ書かれちゃうかも』

店の中で騒がれるのはまずい。

これまで築き上げてきたものがすべて台無しになる可能性に思い至り、奏佑は返す言葉を失った。すると美和子は楽しそうに笑って言った。

『そんな顔しないで、冗談なんだから。でも奏佑くんがあんまり私に冷たくするようなら、突然そういう気持ちになっちゃうのは否定できないかも。それが嫌なら、私をちゃんとお客さん扱いして。売り上げにうんと貢献してあげるから、ね？』

あれから約一週間、彼女は連日のように店を訪れるようになった。

奏佑が厨房から出ずにいると、わざわざスタッフに言づけて呼び出し、自分への接客を要求する。優雅にお茶を飲み、デセールを愉しんだあとはショップで大量の商品を購入していくため、確かに売り上げには貢献しているのだろう。しかしそれにつきあわされる奏佑の気分は、最悪だった。

（何で毎日、あの女の顔を拝まなきゃならないんだ。しかも俺が接客しなきゃならないだなんて）

美和子の目的は、義理の息子を誘惑することなのだろうか。それとも過去のでき事をまだ怒っていて、嫌がらせのように店を訪れているのか。

どちらかといえば、前者のような気がしていた。彼女は奏佑に接客される自分を、他の客に見せつけている節がある。常連面でオーナーパティシエを呼び出し、大量の商品を購入して高級車に乗って帰っていくのは、美和子の日々の楽しみになっているようだった。

そうした彼女の粘着行為が続く中、奏佑は一乃と会えずにいた。もし交際相手がいることが美和子にばれた場合、一乃に危害を加えられる可能性がある。

そもそも彼女と知り合ったきっかけがこちらの女性関係のいざこざで髪を切られるというシチュエーションだったため、奏佑の中にはできるかぎり一乃を危険から遠ざけたいという気持ちがあった。

（でも……）

会えない時間が一週間も続くと、じわじわとフラストレーションが溜《た》まる。

美和子のことを詳しく話す気になれず、理由を言わずに距離を置くようなメッセージを送ったところ、一乃は詳しい話を聞かずに「わかりました」と返信してきた。

その後も朝の挨拶や会えないことに対する弁解を送っているが、彼女がどう思っているかはわからない。厨房で美和子がオーダーしたデセールを作りながら、奏佑の中に苛立ちがこみ上げた。

（早くあの女の俺に対する付き纏《まと》いを、やめさせないと。でも、どうしたら……）

まず考えたのは、父の宏史に話をすることだ。

美和子の夫である彼が注意すれば、迷惑行為は治まるかもしれない。しかし奏佑の中には、中学二年生のときに父に信じてもらえなかったという事実がトラウマのように燻《くす》ぶっていた。

今回相談しても、父がかつてのように妻である美和子の言い分を信じる可能性は充分にある。そう思うと連絡することができず、手をこまねいていた。

（今のところは、ただ店に来て俺に接客させるだけで済んでる。でもずっとこのペースで来られたら、ストレスでこっちの身が保たない）

彼女が来店したときは感情を抑え、ことさら事務的に仕事をこなしているものの、スタッフには奏佑がピリピリしていることが伝わってしまっている。

夜は美和子の待ち伏せを警戒してどんどん帰りが遅くなり、疲れが蓄積している状態だ。そんな中、ふと気づけば一乃のことばかり考えていた。

（……会いたいな）

今すぐ会って、抱きしめたい。

彼女の柔らかな雰囲気、可愛らしい笑顔、サラサラの髪の感触や抱きしめたときのぬくもりなど、思い出せば触れたい気持ちが募って、余計に奏佑を苦しめていた。

最後に一乃に会ったのは、土日に彼女が泊まったときだ。手作りのおかずを持ってきてくれた彼女を強引に自宅マンションに泊まらせた翌日は、一緒にお菓子を作ったり、ランチデートや買い物をして、何度も抱き合った。

あのときはこんなふうに会えなくなるとは思いもよらず、奏佑の中に現状の理不尽さへの苛立ちが募る。しかし一乃のほうも、突然「しばらく会えない」と言ったこちらの意図がわからず、不安になっているかもしれない。

（何とか打開策を考えないと。あんな女のせいで一乃ちゃんとぎくしゃくするなんて、冗談じゃない）

目の前のデセールの皿を仕上げながら目まぐるしく頭を働かせるうち、つい険しい顔になっていた。これを食べさせるのが一乃だったら、どんなにいいだろう。

「青柳さん、それ、俺が持っていきましょうか」

気を使った堀がそんなことを言ってきて、奏佑は顔に出ていた苛立ちをぐっと心の奥底に押し込める。そして彼に対して礼を述べた。

「ありがとう。でも、俺が行くからいいよ。――仕事だから」

＊　＊　＊

月曜の社内は、何となく慌ただしい。

オフィスの中はたくさんの人が行き交い、電話も多いが、昼を境に小休止する。午後の時間帯、閑散としたオフィスでパソコンに向かい、備品や事務用品の発注業務をしていた一乃は、卓上カレンダーを見てため息をついた。

（……奏佑さんと会わなくなって、もう八日も経つんだ）

奏佑のマンションに泊まって楽しく過ごしたのが、遠い昔のことのように思える。

先週の月曜に彼から「しばらく会えない」と連絡がきてから、もう一週間が過ぎてしまっていた。あれからポツポツとメッセージがくるが、明確な理由の説明がないまま、時間だけが過ぎている。

Boite《ボワット》 a《ア》 bijoux《ビジュー》 secret《セクレ》のＳＮＳを見ると、どうやらクリスマスケーキの予約が始まったようだ。奏佑から直接聞くのではなく、こうして誰もが見ることのできるＳＮＳでそれを知ったことが、一乃は寂しかった。

（奏佑さんは……わたしのことはどうでもいいのかな。ここまで放っておかれると、もう

〝彼女〟だとはいえない気がする）

当初は彼の仕事の邪魔になってはいけないと思い、「会えない」という申し出を素直に受け入れた。しかし奏佑は詳細を語らず、一乃は日が経つにつれて次第に気持ちが落ち込んでいる。

やはり由紀乃が言うように、自分は遊ばれただけだったのだろうか。出会ってから約一ヵ月半、こちらの気持ちが追いつくまで焦らず紳士的に振る舞ってくれた奏佑を、一乃は信頼していた。

恋人同士になって以降、蕩《とろ》けるように甘やかし、言葉や態度で気持ちを示してくれる彼のことを、一乃はどんどん好きになっていた。だが想いが通じ合ってわずか十日ほどで「しばらく会えない」「店にも来ないでほしい」と言われ、心が揺らいできていた。

（わたしから連絡を取るのは、迷惑かな。もしかしたら、うんざりした態度を取られるかも）

以前の奏佑が、自分とつきあうまでに女性と割り切った交際を繰り返していたことを一乃は思い出す。

もし彼が一乃を手に入れたことに満足し、こちらに対する興味が薄まっていたら。そう考えると反応を見るのが怖くなり、一乃は自分から奏佑に連絡を取れずにいた。だが今の状態が続くなら、それは〝気持ちが冷めた〟と解釈して間違いないのかもしれない。

（ああ、何だか八方塞がりだ。……お姉ちゃんや森山さんのことも頭が痛いのに）

彼に会わなかったあいだ、一乃の身辺には変化が起きていた。

姉の交際相手でlupus《ルプス》の営業部長である森山洋平に、なぜか急接近されているのだ。きっかけは、ランチを一緒にしたことだった。彼は一乃の容姿を褒めそやし、下の名前で馴《な》れ馴《な》れしく呼んだ挙げ句、「二人きりで、ちゃんとした店に食事に行こう」と誘いをかけてきた。

はっきり断ると「冗談だよ」と撤回したものの、その態度は誠実さに欠け、まるで本来の交際相手である由紀乃を蔑ろにしているかに思えて、一乃は不信感を抱いた。

しかし言葉巧みにアドレス交換をさせられてしまい、困った事態に発展している。あれから森山は、一乃に頻繁に連絡を取ってくるようになった。

あくまでも「由紀乃の誕生日について、打ち合わせがしたい」というスタンスであるものの、送ってくるメッセージはそれに関係ない内容も多く、頻度もすごい。会社の上司であること、そして就職先を紹介してもらったというしがらみがあり、一乃はそれを強く拒めずにいた。

（一体どうするのが、正しかったんだろう。あまり頑なに拒絶すると角が立つと思って、やんわりした対応しかできずにいたけど……）

――だから、あんなことになってしまったのだろうか。昨日のでき事を思い浮かべ、一乃はタイピングをする手を止めてため息をつく。

昨日は日曜で一乃は仕事が休みだったが、アパレルショップ勤務の由紀乃はシフトが入っていて、午後五時半に帰宅した。夕食の支度が途中だった一乃はそのまま台所で作業していたものの、やがて姉の「一乃、スマホ鳴ったよ」という言葉に振り向いた。

『あ、ありがとう』

妹に手渡そうとした彼女だったが、何気なくディスプレイを見て顔色を変え、「……何これ」とつぶやいた。

『何で一乃が、洋平と連絡を取り合ってるの？　私の知らないところで、一体何やってんのよ』

『あ……』

由紀乃はメッセージが届いたポップアップを、たまたま見てしまったらしい。そこには森山の名前が表示されていて、一乃は慌てて弁解した。

『違うの、これには事情があって』

会社の昼休みに森山とランチを一緒にする機会があり、そのときにアドレスを交換させられたこと、それから他愛もない内容でかなりの頻度で連絡がくることを話すと、由紀乃は険しい顔で言った。

『ちょっと無神経なんじゃない？　私の許可も得ず、陰でコソコソ連絡を取り合ってるなんて』

『それは……』

『しかも会社の業務と関係ないことで、個人的に連絡を取る必要なんかないよね？　確かに洋平の行動もおかしいけど、それを甘んじて受けてるあんたもおかしいよ。私と彼がつきあってるのを知ってるのに』

彼女の言っていることは正論で、一乃はそれ以上言い返すことができなかった。由紀乃が厳しい表情のまま、言葉を続けた。

『とにかく、同じ会社だからって洋平には近づかないで。彼には一乃に連絡しないようにって、私のほうから伝えておく』

あれから彼女は一乃と口を利かず、今朝も何も話さないまま出勤していった。

自分の行動が姉と森山の間に亀裂を入れてしまったかもしれないと考え、一乃は深い後悔に苛まれていた。

（わたしが森山さんに対して、もっと毅然《きぜん》とした態度を取れていたら……ううん、最初の段階でお姉ちゃんに相談していたら、こんなふうには拗《こじ》れなかったのかもしれない。昨日の怒り方を見ると、もしかしてお姉ちゃん、わたしと森山さんが浮気するかもって疑ってるのかな）

そんなことは、まずありえない。

一乃には奏佑という交際相手がおり、森山はまったく恋愛対象ではないからだ。だが当の彼とはしばらく会っておらず、会えない理由についても明確な説明がない。奏佑との関係や森山と由紀乃の件が絡まり合い、一乃はひどく塞いだ気持ちになっていた。

（とりあえず森山さんからしつこくメッセージがこなくなったのは、一安心だけど。……

もしお姉ちゃんがまだ怒ってたら、どうしよう）

姉の誤解を解き、こちらの軽率な行動を謝った上で、仲直りをしたい。

もし同居がストレスになっているなら、早急にアパートを出る意志があることも伝えるつもりだ。とにかく自分が由紀乃を煩わせてしまっているのが申し訳なく、一乃は胃がシクシク痛むのを感じた。

（今日はお姉ちゃん、職場の人と飲み会だって前に言ってたっけ。だったら帰りは遅くなるだろうけど……その前に奏佑さんと話したいな。……話せないかな）

由紀乃や森山のことを、奏佑に相談したい。

それ以上に顔が見たくてたまらず、一乃はどうするべきか考える。

（わたしが奏佑さんの〝彼女〟なら、今どういう状況なのか、何で会えないのかを聞く権利があるような気がする。もしそれで、曖昧な態度を取られるようだったら――）

奏佑ときっぱり、別れるべきかもしれない。

彼が今までの恋愛観を変えることができず、特定の相手とつきあうことが重荷なら、手を離してやるのが最善ではないのか。一乃はそんな気がしていた。

今も彼を好きな気持ちは変わっておらず、別れることに納得できていないが、奏佑の足《あし》枷《かせ》にはなりたくない。そもそも彼と自分は釣り合いが取れていないカップルで、あれほどハイスペックな男性にほんのわずかなあいだ大切にしてもらっただけでも、世間的に見れば御の字なのかもしれなかった。

（だから……）

奏佑に会いに行く。そして彼の気持ちを問い質し、もし熱のない対応なら別れも選択肢に入れよう――そう一乃は心に決めた。

（今日仕事が終わったら、奏佑さんのお店に行こう。邪魔にならないように、閉店時間が過ぎてからのほうがいいかな）

店は午後七時に閉店し、その後は後片づけをしたり、厨房で試作をしたりすると聞いている。しかし彼がどれだけ忙しくても、十分程度の時間は取れるはずだ。

それから集中して仕事をこなし、一乃は午後四時半を過ぎた頃に給湯室の片づけを始めた。急須を洗い、ゴミを捨て、シンクをきれいに磨いて布巾を漂白剤に浸ける。すると廊下を通りかかった江木が、こちらに向かって手招きしているのが見えた。

一乃は彼女の部屋に向かい、ノックをして「失礼します」と声をかける。入室すると、江木が微笑んで言った。

「そろそろ大石さんの手が空く時間かなと思って、声をかけたの。忙しかった？」

「いえ、大丈夫です」

彼女は一乃にお菓子を勧めながら、例の社内調査の進捗を話してくれた。

「フリマサイトに出品されていたものを、私の姉に購入してもらったのが届いたんだけど。やっぱりlupus《うち》の商品だったわ」

「えっ」

「梱包材《こんぽうざい》と商品に取り付けるタグが、うちの会社のものと一致したの。正真正銘の新品よ」

ちなみにサイトの出品者に該当する名前の人物は、社内にいなかったらしい。江木が椅子に背を預けて言葉を続けた。

「疑わしいのは在庫管理者二名のうちのどちらかじゃないかっていうのが、社長の高野と私の見解なの。でも確証がないのに直接彼らに問い質してしまうと、無実だった場合に大きく信頼関係を損なってしまうし、調査状況が伝わることで証拠隠滅を図られる可能性もあるでしょ。だからプロの手を借りることになったわ」

「プロ、ですか？」

「ええ。調査会社に依頼して、全社員のインターネット閲覧履歴と、メールの送受信を調べてもらってる。会社のパソコンからフリマサイトの管理画面や出品画面のＵＲＬにアクセスしていれば、横領に関わったかもしれない間接的な証拠になるから」

「あ、なるほど……」

確かに無関係な人間が、横領された品物の出品画面にピンポイントでアクセスするのはありえず、犯人である可能性が高い。彼女が一乃に問いかけてきた。

「大石さんから見て、社内で気になることはない？　おかしな電話を取り次いだとか、誰かが挙動不審な動きをしてるとか」

「今のところ、特にはありません」

答えながら、一乃はせっかく江木から秘密を打ち明けられたにもかかわらず、少しも役に立てていない自分を申し訳なく思う。そう言うと彼女は笑って否定した。

「いいのよ、これから何か情報をキャッチしてくれるかもしれないんだし。それに私は大石さんと茶飲み友達になれて、結構リフレッシュしてるしね」

改めて周囲を注意深く観察すること、そして気になったことは随時報告するよう要請され、了承した一乃は午後五時に退勤する。

外に出ると辺りはすっかり暗くなっていて、足元からしんとした寒さが這《は》い上がってくるのを感じた。かすかに白い息が出る中をターミナルまで歩き、やって来たバスに乗って、一旦帰宅する。

それから一時間ほど片づけなどをこなし、午後六時半頃、再び自宅を出た。ここからBoite a bijoux secret《ボワット アビジュー セクレ》までは、徒歩で十五分ほどだ。店に近づくにつれ、一乃の中にじわじわと怖気づく気持ちがこみ上げてきた。

（ああ、緊張してきた。……もし迷惑そうな顔をされたら、どうしよう）

奏佑からは事前に「店には来ないでほしい」と言われているため、その可能性は充分にある。だがここまで来たら、もう引き下がれない。きちんと彼の真意を問い質し、今後のつきあいをどうするか考えたい――一乃は強くそう思っていた。

見上げた空には、灰色の雲がまだらに浮かんでいた。ときおり吹き抜ける風に寒さを感じながら歩き、やがて店に到着する。

既に店舗内の電気は消え、ガラス越しに厨房に明かりが点いているのが見えた。ビルの前に一台の高級車が停まっていて、一乃は「誰かお客さんでも来てるのかな」と考える。

店の入り口はもう閉まっているため、建物の横にある従業員用の通用口に足を向けた。

するとそこで誰かが話しているのが聞こえ、驚いて足を止める。

（あれは……）

街灯の明かりで、そこにいるのがシェフコート姿の奏佑と見知らぬ女性であることがわかった。

後ろ姿しか見えないものの、襟元にファーが付いたゴージャスなコートを着たその女性は細身で、スタイルがよく洗練された印象だ。話をしているところに割り込むのは失礼だと思い、一乃は一瞬躊躇《ためら》ったあとで「出直そう」と考えた。

しかし踵《きびす》を返そうとしたその瞬間、彼女が奏佑の頬に触れ、身を寄せるのが見えて、ドキリとする。

「……っ」

二人の姿はとても親密に映り、一乃は言葉にならないほどのショックを受けた。

かつて女性と割り切ったつきあいをしていた彼は、一乃と出会って以降、誠実な態度を取ってくれていた。それまで関係のあった相手とも「きちんと話をして、円満に別れた」と聞いていたのに、まだ切れていなかったのだろうか。

（それとも……その人が新しい相手？　わたしのことを遠ざけたのは、だから……？）

胸にズキリと痛みが走り、一乃は唇を引き結ぶ。

惨めさといたたまれなさが混然一体となった思いが心を満たし、二人の間に割り込んで関係を問い質す気はまったく湧いてこなかった。

静かに踵を返した一乃は、その場をあとにする。そして足早にアパートに向かって歩きながら、やるせない気持ちを噛《か》みしめた。

（わざわざ「来るな」っていうのにお店を訪れて、あんな光景を見てショックを受けてるなんて……馬鹿みたい。やっぱり奏佑さんに似合うのは、ああいう大人の女性なんだ）

奏佑を好きになり、彼の恋人になれたわずかな時間は、幸せだった。

実際に決定的な瞬間を自分の目で見た今も、裏切りを信じたくない。奏佑が示してくれた真心や熱を孕《はら》んだ眼差しが嘘《うそ》だとは、どうしても思えなかった。

心が千々に乱れたまま夜道を歩き、自宅アパートまで戻ってくる。外から二階を見上げると、部屋の電気が点いているのが見えた。

（お姉ちゃん、今日は帰りが遅いって言ってたはずなのに……もう帰ってきたんだ）

小さく息をつき、外階段を上がる。由紀乃とは仲直りができておらず、また冷ややかな態度を取られるかもしれないことを思うと、ひどく憂鬱になった。

玄関のドアに鍵を差し込むと、施錠されておらず開いたままになっている。不用心さに眉をひそめながら、一乃は「ただいま」と言って中に足を踏み入れた。しかしそこに男物の革靴を見つけ、目を瞠《みは》る。

（えっ、これって誰の……？）

どう見ても、由紀乃の靴ではない。

心臓がドクドクと早鐘のごとく鳴り始めるのを感じながら廊下を進み、そっと居間のドアを開けた。すると続き間の寝室のクローゼットを開けて何やらゴソゴソしている、森山の姿が目に飛び込んでくる。

一乃の気配に気づいた彼がこちらを振り向き、事も無げに言った。

「ああ、おかえり」

「森山さん、どうしてここに……」

一乃は目の前の状況が、まったくのみ込めなかった。

自分と由紀乃が不在のアパートに、なぜか森山が我が物顔で入っている。しかも彼が開けているのは、二人の衣類が入っているクローゼットだ。森山は中から取り出した巾着のようなものをスーツのポケットに入れ、答えた。

「どうしてって、僕は由紀乃とつきあってるんだから、ここの合鍵を持ってたって不思議じゃないだろ」

「でも……姉は今日、飲み会で帰りが遅くなるって言ってて」

「知ってるよ、飲み会のときの由紀乃は、いつも帰りが十一時くらいになるって。だから来たんだ」

ニッコリ笑って答える森山に、一乃は「えっ？」と問い返す。彼はにこやかな顔で言った。

「今日なら、一乃ちゃんが家に一人でいると思ってさ。ゆっくり話をするにはいい機会だろ」

　一乃はじわじわとした危機感をおぼえていた。

　姉の不在がわかっていながら、森山はわざわざここに来て勝手に中に入っていたという。彼は「一乃とゆっくり話をするため」と言ったが、こちらには話すことなど何もない。

（しかもクローゼットを開けて、一体何をしてたの？　何かをポケットに入れたように見えたけど……）

　そんなことを考える一乃をよそに、彼がのんびりした口調で言った。

「しかし一乃ちゃん、可愛い下着を着けてるんだな。由紀乃とは違って、そこもまたいいね」

「……っ」

　森山が一乃が使っている引き出しをおもむろに開け、中にしまわれた下着を眺めている。一乃はカッと頬が熱くなるのを感じながら、口を開いた。

「……や、やめてください」

「ん？」

「下着が入っている引き出しを勝手に開けるなんて、非常識です。確かに森山さんは姉とつきあっていて、以前は自由にここに出入りしていたのかもしれませんが、今は姉とわたしが一緒に暮らす家です。今すぐ出ていってください」

動揺のあまり、声が震えた。

一乃は目の前の彼が怖くて仕方なかった。このあいだランチを一緒にしたときも思ったが、森山の距離感はおかしい。その後しつこくメッセージを送ってきたことといい、彼は明らかにこちらに対して性的な興味を抱いている。

（どうしよう……いっそわたしが、外に逃げるべき？）

森山と二人きりという状況を回避し、由紀乃が帰るまで外にいるべきだろうか。

グルグルと考え込む一乃の前で、彼がふっと微笑んだ。そしてこちらに歩み寄ってくると、手を伸ばして一乃の髪に触れながら言う。

「そんなにつれないこと言われると、傷つくなあ。僕は君と仲良くしたいと思ってるのに。もうわかってるだろう？　僕は一乃ちゃんのことを、気に入ってるんだ。小柄でいかにも素直そうで、気が強い由紀乃とは正反対で可愛い。ピュアで汚れてない感じで、手懐けたくなる」

「……っ」

ふいに強く腕を引かれ、森山に抱きしめられる。彼は楽しそうに笑った。

「ああ、やっぱり華奢《きゃしゃ》なんだな。髪がサラサラで、いい匂いがする」

「は、離してください……！」

必死に腕を突っ張って逃れようとするものの、森山の身体はビクともしない。

それでも死に物狂いで身をよじり、スーツのジャケットを引っ張ったりしているうち、彼のポケットから布製の黒い巾着が落ちた。

「あ……」

――それは先ほど森山がしまい込むのを目撃し、一乃が不審に思っていたものだ。

床に落ちた拍子に、巾着の口からビニール袋に包まれたいくつもの小袋が零れ出ている。中身は銀色の指輪やネックレスらしきもので、一乃は目を瞠ってつぶやいた。

「これって、もしかして……lupus《ルプス》の商品？」

ひとつひとつチャック付きのビニール袋に入っているそれは、銀色に輝くジュエリーだ。

先日、ジュエリーデザイナーの江木にカタログを見せてもらった一乃は、目の前に散らばるものの中に見覚えのあるデザインがいくつもあることに気づいた。すると彼が、ため息をついて言った。

「あーあ、見られないうちに回収しておこうと思ったのにな。床に落ちて傷がついたら値段が下がるのに、どうしてくれるんだ」

「森山さん、これって……」

「君の思っているとおり、lupusの商品だよ。全国の販売店から少しずつ在庫をごまかして、この家のクローゼットの奥に隠してたんだ。由紀乃が普段見ないようなところにね」

一乃の頭の中で、すべてのことが繋がる。

江木が言っていた〝商品の横領〟を行っていたのは、営業部長の森山だった。そう確信し、一乃は小さく問いかけた。

「どうしてこの家に、隠してたんですか……？」

「万が一疑いをかけられても、現物が自宅になければ言い逃れできるかと思ってね。フリマサイトで売り捌《さば》いてたんだけど、それも由紀乃のパソコンでアカウントを作ってやってた」

彼は床に落ちたものを拾い上げ、ポケットにしまい込むと、「それより」と言って一乃を見つめた。

「ここまで知られたからには、君の口を塞がなきゃいけないな。会社でこのことをペラペラ話されたら、僕は身の破滅だからね。まあ、どちらにしろ一乃ちゃんのことはモノにする気でいたし、ついでにハメ撮り動画とか恥ずかしい写真を何枚か撮っておけば、僕の不利になるような話を言いふらす気にはならないだろ」

「あ……っ！」

腕をつかみ、ソファに押し倒される。

上に覆い被さってきた森山が自身のネクタイを緩め、一乃の太ももを撫《な》で上げた。必死でその身体を押しのけようとしながら、一乃は声を上げる。

「やめてください、こんなこと……っ」

「静かにしてくれよ。あまり騒ぐと、近所に変なふうに思われる」

彼は片手で一乃の口を塞ぎ、もう片方の手で胸を鷲《わし》づかみにして、首筋に唇を這わせてくる。

肌に触れる生暖かい吐息に、ゾワリと怖気が走った。カットソーをまくり上げられ、ブラがあらわになる。口元を押さえる手を必死で振り解こうとしながら、一乃の目に涙がにじんだ。

（いや……っ）

このまま自分は、森山に暴行されてしまうのだろうか。

そんな絶望が心を満たした瞬間、ふいに室内に女の声が響く。

「――何やってんの」

突然の第三者の声に驚き、森山が動きを止める。

一乃が涙目でそちらを見ると、リビングの戸口に由紀乃が立っていた。たった今帰ってきたらしい彼女は、ソファの上で揉《も》み合う二人を見て顔をこわばらせている。

それを見た瞬間、一乃の胸をよぎったのは、「また由紀乃に誤解されるかもしれない」という懸念だった。

昨日、一乃と森山が連絡を取り合っているのを知ったとき、彼女はかなり怒っていた。その上さらにこんな光景を目撃すれば、「やっぱり二人は、浮気をしている」と思われても仕方がない状況だ。一乃は焦りをおぼえながら、声を上げようとする。しかしその瞬間、みるみる眦《まなじり》をきつくした姉が発したのは思わぬ言葉だった。

「私の妹に何してんのよ、無理やりこんなことをするなんて……っ」

足音荒くこちらに歩み寄った由紀乃が、森山の身体を強引に引き剥がす。そして一乃に向かい、必死な表情で言った。

「一乃、大丈夫⁉」

「お姉ちゃん……」

——由紀乃は自分たちの浮気を疑うことなく、妹である自分の身を案じてくれた。

そう悟った一乃の目から、ポロリと涙が零れ落ちた。だが戸口からさらに思いがけない人物が現れて、険しい表情で口を開いた。

「一体どういうことだ、これは」

「そ、奏佑さん？」

そこにいるのは、シェフコートに上着を羽織った奏佑だ。「一体どうしてここに」と思う一乃をよそに、彼は森山に向かって剣呑《けんのん》な表情で問いかける。

「まさか彼女を、レイプしようとしてたのか？　合意の上だなんて言わせないからな」

「ち、違う。この子に誘われたんだ。『今日は由紀乃の帰りが遅いから、家に来てほしい』って言われて、それで……っ」

「嘘つかないで。一乃がそんなこと言うわけないでしょ」

一乃の肩を抱きながら由紀乃がぴしゃりと言い放ち、顔を歪《ゆが》めた森山が立ち上がる。逃げるように部屋から出ていこうとした彼だったが、奏佑が戸口で立ちはだかってその行く手を阻み、威圧するように見つめて言った。

「まさか帰ろうっていうんじゃないよな？　——詳しい話、聞かせてもらうから」

第十章

時は、三時間半ほど前に遡る。

日中の天気があまりよくなく、気温がぐんと下がった今日、ショップの客入りはいつもより若干少なかった。

それでもカフェはそこそこ混んでおり、厨房《ちゅうぼう》でオーダーされたデセールを作っていた奏佑は、午後四時に成瀬の「例の人、来たみたいですよ」という声に顔を上げた。

（……やっぱり、また来たか）

スタッフのあいだで〝例の人〟で通じるようになった人物は、青柳美和子だ。

連日店を訪れては奏佑の接客を希望する彼女は、スタッフ全員から厄介な客として認識されていた。目の前の皿を仕上げた奏佑は、それを真鍋に託したあと、客席に足を向ける。

「……いらっしゃいませ」

「こんにちは、奏佑くん。今日も忙しそうね」

美和子がすっかり常連気取りで挨拶してくる。彼女は慣れた様子でメニューを開きながら、上機嫌で言った。

「ここのクリスマスケーキのチラシを見せたら、私のお友達の何人かが予約したいって言ってたの。今度連れてくるわね」

「……ありがとうございます」

「もう、もっとうれしそうな顔したら？　いつも買っていくここのショコラ、お友達に振る舞うとすごく評判がいいの。さんざん売り上げに貢献してあげてるんだから、私ってかなりの上客だと思うんだけど」

上目遣いに媚《こ》びた視線を向けられ、奏佑はかすかに微笑んで答える。

「ええ、そうですね。感謝しています」

まさか微笑んでもらえると思わなかったのか、美和子が目を瞠《みは》り、じんわりと頬を染める。

奏佑は柔和な表情をキープしたまま、他の席に聞こえないように抑えた声音で言った。

「……あんたに話があるんだ」

「えっ？」

「午後七時の閉店後、外の従業員通用口で待っててほしい」

甘さのにじんだ視線で見つめられた彼女が、どぎまぎした様子で答える。

「え、ええ。いいわ」

「じゃあ、あとで」

奏佑が話を切り上げて立ち去ったあと、真鍋が美和子のオーダーを聞いていた。厨房に戻った奏佑は、その後黙々と仕事をこなす。

そして午後七時の閉店後、シェフコートの上に上着を羽織って通用口から建物の外に出ると、少し離れたところから美和子が声をかけてきた。

「奏佑くん」

彼女は一旦帰ったあと、この時間に車で再び店までやって来たらしい。ハイヒールの踵《かかと》を鳴らしてこちらまで歩み寄ってきた美和子が、浮き立った顔で言った。

「いきなりあんなこと言うから、びっくりしたわ。でも、奏佑くんが呼ぶなら来ないわけにはいかないでしょう？　面倒だったけど、車を出してまたここまで来たのよ」

そんな彼女を見下ろし、奏佑は口を開いた。

「手間をかけさせて、申し訳ない。ここにあんたを呼びつけたのは、きちんと詫《わ》びを入れたかったからだ」

美和子が「詫び？」と問い返してくる。奏佑は頷《うなず》いて言った。

「過去の俺の暴言を、謝りたい。あんたに『キモい』なんて言葉をぶつけて、挙げ句に腹を蹴ってベッドから落として、本当に悪かった」

深く頭を下げると、その様子をどこか呆然《ぼうぜん》として見つめていた彼女が、肩に触れてくる。

「まさか奏佑くんがあのことについて謝ってくれるなんて、思いもよらなかったわ。顔を上げてちょうだい」

「でもあんたはあの件が許せないから、こうして毎日のようにこの店に来るんだろう？　俺が拒むと、『店で他の客に聞こえるように、大騒ぎしてやる』なんて脅して」

「このお店に来たのは、雑誌であなたの記事を見たからよ。すっかり大人のいい男に育ってて、どうしても直接会いたくてここに来たの」

美和子はその眼差しにねっとりとした媚びを浮かべ、馴《な》れ馴《な》れしく奏佑の頬を撫《な》でる。そしてこちらの胸に身を寄せながら、言葉を続けた。

「ねえ、『大騒ぎする』って言ったのは、本当に冗談よ。だって悲しかったの、最初にここに来たときに、奏佑くんにすごく冷たくされて。気を引こうとして、思わず嘘を言っちゃうときってあるでしょう？」

「……昔もそうだったのか？　親父にあることないこと吹き込んだのも」

間近に身を寄せられた途端、きつい香水の匂いが鼻について、それを押しのけたい衝動を必死にこらえつつ奏佑は彼女に問いかける。

すると美和子が、あっさり答えた。

「ええ、そうよ。私のほうから奏佑くんを襲ったなんて知られたら宏史さんに離婚されちゃうと思って、先手を打ったの。泣き真似して脚の痣《あざ》を見せたら、宏史さんはすぐに信じてくれたわ。結果的に親子の仲をぎくしゃくさせたのは悪かったと思うけど、私だってあなたにお腹を蹴られたんだから、おあいこよね」

そこまで聞いた奏佑は、心の中にふつふつと滾《たぎ》る怒りを感じながら考える。

（……ここまで話をさせたら、もういいか）

　ここまでの発言で、既に充分〝証拠〟は撮れたはずだ。そう考え、彼女を見下ろしてため息をつくと、低く告げる。

「――離れろ」

「えっ？」

「俺に近づくな、気持ち悪い」

　突然冷ややかになった義理の息子に驚いた様子で、美和子が数歩後ずさる。奏佑は自身の背後をチラリと見やり、声をかけた。

「堀くん、上手く撮れた？」

「はい、ばっちりです」

　建物の裏手からスマートフォンを持って出てきたのは、堀だ。彼はディスプレイを操作し、奏佑に見せながら言った。

「義理のお母さんの告白動画、しっかり撮れました。声のほうは、ところどころ聞こえにくくなってるかもしれませんけど」

「ありがとう。音声は俺のほうでも録音してるから、大丈夫」

　そう言いながらポケットの中のＩＣレコーダーを取り出すと、二人のやり取りを見た美和子が顔をこわばらせてつぶやく。

「何よ……一体どういうことなの」

「わかんないか？　あんたが過去に俺にしたこと、それにこの店の営業妨害をしようとしたことを喋《しゃべ》らせて、全部録音させてもらったんだ。これを親父に見せれば、さすがに俺が嘘《うそ》を言ってるとは思わないだろ」

——わざと思わせぶりな態度で美和子を呼び出したのは、奏佑の作戦だった。

このまま毎日のように店に来られ続ければストレスで身が持たず、かといって店先で騒がれるのも大きな打撃だ。ならば、どうするか——奏佑が考えたのは、彼女の口から自身の行動を告白させ、それを録音して父に訴える証拠とすることだった。

美和子自身の〝自白〟があれば、父もきっと看過できない。捏造《ねつぞう》だと言われないよう、奏佑はスタッフに事情を話して協力を要請し、堀が動画を撮影してくれることになった。

成瀬が「屋外で少し距離があると、音声が上手く入らないこともある」と進言してきたため、ポケットにICレコーダーを入れて間近で会話を録音する念の入れようだ。

自分が嵌《は》められたことを悟った美和子が、顔を歪《ゆが》めて言った。

「何よ……卑怯《ひきょう》じゃない。それ、消しなさいよ」

「自分の行いに後ろ暗いところがなくて、親父に愛されてる自信があるなら、堂々としてればいいだろ。過去のことも含めて全部報告させてもらうから、覚悟しろ」

すると彼女が猛然とこちらにつかみかかり、スマートフォンとICレコーダーを奪い取ろうとする。

「寄越しなさい。何なの、色仕掛けで呼び出して、寄ってたかって私をこんなふうに嵌めるなんて。卑怯でしょう……！」

「うわっ」

堀がぎょっとして飛びのき、奏佑は腕を伸ばして彼を庇《かば》う。すると通用口から出てきた真鍋が、美和子に向かって毅然《きぜん》として言った。

「いい加減にしてください。これ以上お店の敷地内で騒ぐなら、警察を呼びますよ！」

「……っ」

美和子が悔しそうに顔を歪め、息荒くこちらを睨《にら》みつける。

奏佑が目をそらさずにいると、やがて彼女は身を翻し、自身の運転して来た高級車に乗り込んで去っていった。

「……はあ、強烈なおばさんでしたねー。ベタベタ媚びたあとのあの豹変《ひょうへん》、超ホラーじゃないですか」

堀が深くため息をつきながらそう漏らし、奏佑は彼を労う。

「ありがとう。堀くんのおかげで、助かった」

「いいえー。上手く撮れてよかったですね。これがあれば、青柳さんのお父さんの誤解も解けるんでしょう？」

「……だといいけどね」

上手く話を誘導し、過去のでき事も美和子の仕業だったという言質が取れた。

この証拠があれば、父に彼女のこれまでの振る舞いを知らしめることができ、付き纏《まと》いもやめさせることができるに違いない。

そのとき真鍋が、遠慮がちに「あの」と言った。

「さっき青柳さんがあの人と話してるとき……お店の前で、一乃ちゃんを見たんですけど」

「えっ？」

「あれっと思って、外に出て声をかけようとしたら、足早に去っていってしまって。もしかして彼女、さっきのやり取りを見て誤解しちゃったんじゃないでしょうか。青柳さんが新しい女と一緒にいるって」

「――――」

奏佑と一乃は、この八日間まったく顔を合わせていない。

美和子を警戒した奏佑が一乃を遠ざけ、「店には来ないでほしい」と言ったためだ。しかし理由を明確に説明しておらず、業を煮やした彼女がここまでやって来た可能性は、充分に考えられる。

（あの女に必要なことを喋らせるために、俺は身体をくっつけられても我慢してた。……もし一乃ちゃんが、あれを見たら）

見知らぬ女に身を寄せられて拒まない奏佑を見て、一乃があらぬ誤解をしたとしても、まったくおかしくない。

そう思い至った奏佑は、顔色を変えて言った。

「ごめん、俺、一乃ちゃんを追いかけないと。店の戸締まりお願いしていい？」

「はい」

「早く行ってあげたほうがいいですよ。もう暗いですし」

奏佑は身を翻し、一乃のアパートに向かう。

道路を渡ってしばらく歩いたところで、「しまった、車で来ればよかった」と考えたが、後の祭りだ。店まで引き返す時間がもったいなく、約十五分の距離を逸る気持ちで歩く。

ようやく彼女のアパートまで来たとき、奏佑は前方から見覚えのある女性が歩いてくるのに気づいた。

（あれは……）

襟を立てたトレンチコートを羽織り、コンサバ系のきれいめな恰好《かっこう》をした二十代半ばの女性は、一乃の姉の由紀乃だ。

仕事から帰ってきたらしい彼女に、奏佑は声をかけた。

「すみません、大石一乃さんのお姉さんですよね」

「えっ？」

「以前一度ご挨拶させていただきました、青柳です」

突然声をかけられて警戒した様子だった由紀乃は、「ああ」と合点がいったようにつぶやく。奏佑は言葉を続けた。

「一乃さんと、話がしたくて来たんです。大変申し訳ありませんが、彼女を呼んでもらってもいいでしょうか」

シェフコートに黒い上着を羽織った奏佑を不思議そうに見つめた彼女は、二階の部屋に電気が点いているのを確認し、「どうぞ」と言って外階段を上がり出す。

そして玄関の鍵を開けようとしたが、施錠されていなかったらしく、怪訝《けげん》な顔をした。ドアを開け、三和土に男物の革靴と一乃のものらしいパンプスがあるのを見た由紀乃が、みるみる顔色を変える。

彼女はこちらを振り向き、早口で思わぬことを言った。

「すみません、ここで待っててもらってもいいですか？　もし揉《も》めてる様子があったら、すぐ中に入ってきてください」

「えっ」

「お願いします」

奏佑の返事を聞く間もなく、由紀乃が家の中に入っていく。

やがて聞こえてきたのは彼女の怒りの声で、奏佑は真顔になった。

（何だ？　……何が起こってるんだ）

躊躇《ためら》ったのは、一瞬だった。

三和土で靴を脱ぎ捨てた奏佑は、大股で歩いて居間に踏み込む。そこで見たのは、ソファの上で衣服を乱された一乃とスーツ姿の男、それに彼女を庇うような位置にいる由紀乃の姿だった。

男はどう見ても一乃を襲った様子で、彼女は髪を乱して涙ぐんでいた。彼は突然現れたこちらに臆した様子を見せ、その場から逃げ出そうとしたものの、そんな男の行く手に立ち塞がった奏佑は自分より背が低い彼を睨みながら告げた。

「まさか帰ろうっていうんじゃないよな？　――詳しい話、聞かせてもらうから」

「……っ」

男が気圧されたように、後ずさる。由紀乃が一乃に言い聞かせる口調で口を開いた。

「今日は私、飲み会の予定だったけど、そのうちの二人の都合が悪くなってお流れになったんだ。残りのメンバーで『ご飯だけでも』ってなったけど、早めに切り上げて帰ってきたの。……あんたと話をしようと思って」

彼女は男の横顔を睨み、吐き捨てるように言った。

「洋平、この子のことを狙ってたんだよね？　私に隠れてアドレス交換した挙げ句、しつこくメッセージを送って。一乃が上司である洋平を強く拒めないのがわかっていながら、そうしたんでしょ？　そんなのパワハラじゃん」

「……お姉ちゃん、気づいてたの？　わたし、てっきり森山さんとの仲を疑われてるのかもって思って――それで」

一乃が泣きそうになりながらつぶやき、由紀乃が怒ったような顔で答える。

「あんたがそういう子じゃないのは、よくわかってるよ。私の反対を押し切って青柳さんとつきあってたんだから、洋平なんかに目がいくわけないし。そもそも最初から、洋平と一乃を会わせること自体を迷ってたの。……最近のこの人に、不信感を持ってたから」

――由紀乃は語った。

合コンを通じて森山と知り合い、交際を始めて約一年が経つが、つきあい始めは穏やかでとても優しい人物だったこと。しかし半年ほど前から言葉の端々に少しずつ傲慢な部分が垣間見えるようになり、近頃は由紀乃にモラハラめいた発言をすることが多くなっていたこと。

「私がしてる接客業を『能力が低くてオフィスワークに向いてないから、肉体労働しかできないんだね』って馬鹿にしたり、飲食店に入ると店員に横柄な態度を取ったり、道行く人の容姿をこき下ろしたり。それで私が注意すると、あっさり『冗談だよ』っていうのが口癖だった。とにかく他人への見下しがひどくて、最近は別れることを真剣に考えてたの。だから一乃に就職先を紹介するときも、本当は躊躇ってた。今の洋平と接触させると、その発言で嫌な思いをさせてしまうかもしれないって」

札幌に来た一乃が仕事を探しているという話をしたところ、たまたま森山の会社が事務を募集しているというので紹介したものの、実際に就職が決まったとき由紀乃は素直に喜べなかったという。

「でも、つきあい始めの優しかった頃を思い出したら……なかなか別れることができなかった。洋平がおかしくなったのって、急に金回りが良くなった半年前くらいからだよね。高い時計やスーツを買うようになって、私にもいろいろプレゼントし出して。その頃から何となく思ってたけど、洋平、何か違法なことに手を染めてるんじゃない？　だっておかしいよ、いきなりそんなにお金が入ってくるの」

するとそれを聞いた一乃が、「……あの」と言った。

「森山さんが急に金回りが良くなったのは——会社の商品を横領して、売り捌《さば》いていたからだと思う。わたし、社内の人から話を聞いてたの。最近lupus《ルプス》のジュエリーが定価より安く新品としてフリマサイトで売られてる、模造品か在庫の横流しじゃないかって」

先ほど帰宅した一乃は、この家に合鍵で入り込んでいた森山と遭遇し、クローゼットに隠していた商品をポケットにしまうところを目撃したらしい。

一乃がスーツの右側を指差すと、立ち上がった由紀乃が男のポケットを探った。そして黒い布製の巾着を発見し、中身を確認する。するとビニールの小袋に入った指輪やネックレスがいくつも出てきて、彼女は眦《まなじり》を吊《つ》り上げてつぶやいた。

「営業部長の地位を利用して、会社の在庫をくすねて売り捌いてたってこと？　……最低。洋平、lupusの高野社長にはお世話になったって言ってたよね？　前の職場で鬱になりかけてたところを、大学の先輩である社長に新しい会社に誘ってもらえて、すごく救われたって。それなのにこんなことして、恩を仇《あだ》で返してるじゃん。しかも商品をこの家に隠してたって、私、そんなの知らないんだけど」

すると蒼白《そうはく》になった森山が、唸《うな》るように「……うるさい」とつぶやいた。

「僕の仕事に口を出すな。由紀乃だって僕からのプレゼントを受け取ったり、高い食事に行ってたんだから、同罪だろう。しかも僕は、君のパソコンのアカウントでフリマサイトに出品してたんだ。だから無関係なんて言い切れない」

由紀乃が「はあ?」と彼を睨み、何か言い返そうとする。それまで黙っていた奏佑は、口を開いた。

「――なるほどな。会社の商品を横領して売り捌き、急に金回りが良くなったことで、それまで内に秘めていたモラハラな本性が出たってわけだ。おまけに自分の彼女に連帯責任を負わせようとするなんて、本当に最低だな。一乃ちゃんを襲ったのも、謎の万能感でどうとでもなる気でいたからか?」

「……っ……それは、さっきも言ったとおり彼女に誘われたんだ。僕も嫌いなタイプじゃなかったし、それで」

「彼女はそんな子じゃない。今どき珍しいくらい純情な子で、俺だって時間をかけてようやく好きになってもらえたんだ。姉の彼氏を誘惑するような、そんな腐った性根の持ち主じゃないんだよ。……それを汚い手で触りやがって」

冷ややかな怒りを込めた視線を向けると、森山がぐっと押し黙る。奏佑は由紀乃に向かって言った。

「彼のしたことはレイプ未遂ですし、会社の商品を横領してるので、警察を呼んだほうがいいのでは? このまま帰すわけにはいかないでしょう」

「ええ。でも……その前に彼の会社の人に連絡して、ジュエリーを確認してもらったほうがいいんじゃないでしょうか。ここにあるものが本物かどうかは、私たちにはわからないわけですし」

　彼女が一乃に「会社の人に電話して」と言い、一乃がバッグからスマートフォンを取り出す。それを見た男が顔色を変え、狼狽《ろうばい》しながら言った。

「ま、待ってくれ。ここにあるジュエリーは偽物なんだ、会社から横領なんてしていない。それに一乃ちゃんのことも誤解だ、これまでの僕の言動で由紀乃の気に障ることがあったなら謝るよ。だから会社に連絡は……っ」

　由紀乃に歩み寄ろうとする男を、奏佑は目の前に立ちはだかることでガードする。そして淡々と述べた。

「もう遅い。ジュエリーは会社の人に見てもらえば本物か偽物かすぐにわかるし、しかもあんたはさっき自分の罪を認める発言をしてる。言い逃れなんてできないんだから、観念しろよ」

「ど、どこに僕が自白したなんて証拠がある」

　精一杯虚勢を張ろうとする彼に対し、奏佑はポケットに入れたままだったＩＣレコーダーを見せた。

「ここに録音されてる。別件で使うのに持ってたものだけど、この部屋に入った時点でスイッチを入れてたんだ。あんたが横領を正当化する発言や、何も知らない自分の彼女を道連れにしようとしたのも、全部音声で残ってる」

「……っ」

「ジュエリーの真贋《しんがん》はともかく、一乃ちゃんへの暴行未遂は絶対に許すつもりはないから」

男はそれ以上何も言えなくなり、青ざめて押し黙った。彼が逃げないように目の前に立ちつつ、奏佑は一乃に視線を向ける。

「一乃ちゃん、大丈夫?」

「だ、大丈夫です」

「……あとでゆっくり話そう」

* * *

その後、一乃からの連絡を受けた江木が、社長の高野を伴ってアパートまでやって来た。

彼女は巾着の中のジュエリーを鑑定し、「lupus《ルプス》の商品で間違いない」と断言する。それを聞いた高野が、やるせない表情で問いかけた。

「森山、どうしてこんなことをしたんだ。――お前を信用してたのに」

「………」

彼いわく、森山の前職は商社の営業担当だったものの、優秀だったがためにかなりのノルマを課せられ、半ば鬱になっていたという。

後輩のそんな状況を知った高野は、自身のジュエリーブランドを立ち上げる際に森山をヘッドハンティングした。すると森山は営業や自社のホームページのSEO対策でめきめき頭角を現し、三年前からは部長として営業部門の統括と共に在庫管理の責任者を兼ねるまでになったらしい。

　高野はそんな森山の仕出かしたことに、深く失望していた。だが「これはれっきとした横領だから、事件として立件してもらう」と断言し、これから彼を伴って警察署に行くと言って、一乃に向かって深く頭を下げた。

「大変なことに巻き込んでしまって、何と言っていいか。すべて社長である僕の監督不行き届きです。本当に申し訳ありません」

「あっ、いいえ。社長に頭を下げていただくことではありませんから、どうかお顔を上げてください」

「大石さん、大丈夫？　未遂で済んだとはいえ、暴行されかかるなんて怖かったでしょう。お姉さんが間に合って、本当によかった」

　江木の気遣う言葉に涙が出そうになり、一乃は押し黙る。すると隣にいた奏佑が、口を開いた。

「大石一乃さんと交際している、青柳と申します。本来なら彼女への暴行未遂だけでもここに警察を呼んでいいくらいだと思いますが、そちらの社長さんがこれから警察署に同行されるということですので、通報は控えます。しかし被害届に関しては必ず出すつもりでおりますし、取り下げる気もありません。つきましては、後日スムーズに届が受理されるよう、加害者である森山さんに今ここで念書を書いてもらいたいのですが、よろしいでしょうか」

「お怒りはごもっともです。森山くん、今すぐ書きなさい。ここに警察を呼ばれたくなかったらね」

冷ややかな江木の言葉に森山は悄然《しょうぜん》とうつむき、一乃への暴行未遂が事実であること、そして謝罪する意志があることを書面にし、拇印《ぼいん》を押した。立会人として高野と江木も署名して、それを奏佑に手渡した彼らが頭を下げる。

「ではこれから森山を伴って、警察署に向かいます。後日改めてお話しさせていただきますが、このたびのこと、弊社の社員が大変申し訳ありませんでした」

三人が車に乗って走り去るのを、一乃は由紀乃と奏佑と共に外で見送る。

午後八時半の外は、ぐっと冷え込んでいた。見上げた空には雲がまだらに浮かんでいて、その隙間から星が輝いて見える。由紀乃が隣でため息をついて言った。

「まさかこんな大ごとになっちゃうなんて、思ってもみなかったな。洋平が会社の商品を横領してたのは前からだとしても、レイプ未遂は私が一乃に彼を紹介したせいだよね。本当にごめん」

「ううん、お姉ちゃんのせいじゃないよ。会社自体は、とてもいいところなんだから」

彼女は交際相手である森山がしたことに、ひどくショックを受けているようだった。話すたびに白い息が出る中、由紀乃が奏佑に向き直って言う。

「青柳さん、巻き込んでしまって申し訳ありませんでした。青柳さんが偶然居合わせてくだらなかったら、私一人では事態に冷静に対処できなかったと思います。本当にありがとうございました」

「いえ」

彼女は再び一乃に視線を向け、提案する。

「あんたたち、ちゃんと二人で話しなよ。そもそも青柳さん、あんたに話があってアパートまで来たって言ってたよ」

「えっ、でも」

「あんたももう大人なんだし、これ以上野暮なことは言わないから。青柳さん、そういうことですので、妹をよろしくお願いします」

姉が外階段を上って自宅に戻ってしまい、一乃は奏佑と共に立ち尽くす。彼がこちらを見て言った。

「お姉さんも承諾してくれたし、話をしたいんだけど、いいかな」

「は、はい」

「でも財布と車の鍵が手元にないから、一旦俺の店まで行こう」

夜の住宅街は昼とは違って閑散としており、人通りがなくどこか寂しい雰囲気だ。

奏佑の店まで十五分ほど歩くあいだ、互いに無言だった。店に着くと電気は点いておらず、中が無人なのがわかる。彼が従業員用の通用口をカードキーで開け、一乃を厨房に案内して言った。

「寒くて身体が冷えちゃったし、あったかいものを飲んでから帰ろう。コーヒーを淹《い》れるから、座って」

「あの、お構いなく」

奏佑がコンロで湯を沸かし始め、一乃は勧められた椅子に座って厨房を見回す。

結構な広さの厨房内は、掃除が行き届いていて清潔だった。壁面に大小の鍋が掛かり、ステンレスのシンクや中央の大きな作業台も、埃《ほこり》ひとつなく磨き上げられている。大きな冷蔵庫が二つ、それにオーブンも二台あり、いかにもパティスリーの厨房という雰囲気だ。

ドリップ式のコーヒーの準備をする彼の後ろ姿を、一乃は黙って見つめる。奏佑が話したい内容とは、今日一緒にいた女性についてだろうか。あのときは声をかけられずに帰ってきたが、まさかそのあと彼がアパートまで来るとは思わなかった。

(でもあの場に奏佑さんが来てくれなかったら、わたしとお姉ちゃんだけじゃ森山さんに逃げられたかもしれない。……だから、結果としてはよかったけど)

奏佑の話を聞くのが、怖い。

もしそれが「別れよう」という内容だったら、どうしたらいいのだろう。一度はそれを覚悟したはずなのに、彼と会った途端に揺らぐ自分の気持ちを、一乃は情けなく思う。

顔を見ればやはり好きだと思い、離れがたい気持ちが疼《うず》く。だが奏佑が他の人を選ぶなら、それを受け入れるしかない――一乃はそう覚悟を決めた。

やがて湯気の立つカップを手に彼がこちらを振り向いて、目を瞠って言う。

「どうしたの？　そんな泣きそうな顔して」

「……あの」

「あんなことがあったから？　……確かに怖かったよな」

作業台にカップを置いた彼が、木製の椅子を持ってきて隣に座る。そして一乃の頭を抱き寄せ、ささやいた。

「――ごめん。俺がもっと早くに行けてたら、一乃ちゃんを怖い目に遭わせずに済んだのに」

「……っ」

久しぶりに感じる奏佑のぬくもりと匂いに、一乃の胸がぎゅっと締めつけられる。

本当に、怖かった。森山の身体の重さや肌に触れた生暖かい吐息、乱暴にまさぐってきた手の強さを思い出すと、今も身がすくむ。

だが数時間前に見た光景のこと、そして奏佑が自分を遠ざけた理由を確認しなければならない。そう思った一乃は、彼からわずかに距離を取って言った。

「……奏佑さんに、聞きたいことがあります」

「うん」

「いきなり『しばらく会えない』『店にも来ないでほしい』って言ったのは、どうしてなんですか？　最初は仕事が忙しいのかもしれない、だからしつこくしちゃいけないと思って、黙って待ちました。でも……何日経っても奏佑さんは理由を話してくれなくて、すごく不安になりました。実は出会った当初から、お姉ちゃんには奏佑さんと関わることを反対されていたんです。『あの人は私たちとは住む世界が違う。あんたみたいな田舎娘は、彼に釣り合わない』って」

「……それは」

「つきあうようになってからは、より辛辣なことを言われました。『どうせすぐに捨てられる』『有名人のイケメンが、今までとは毛色の違う女と遊んでみたかっただけだよ』って。わたしは『そんなことない』って言い返してたんですけど……だんだん不安になりました。お姉ちゃんの言うとおり、奏佑さんはわたしを手に入れてすぐに飽きちゃったのかもしれない。だからこのままフェードアウトを狙ってるのかもしれないって……そんな気持ちになって」

「――違うよ」

奏佑が断固とした口調で否定し、真剣な眼差しで一乃を見た。

「俺が君に飽きるなんて、絶対にない。会えなかったあいだ悶々《もんもん》としてたのは、俺のほうなのに」

彼は小さく息をつき、言葉を続けた。

「ちゃんと事情を説明しなかったのは、悪かったと思ってる。一乃ちゃんがそんなにも不安になってるなんて、俺の配慮不足だった。君を遠ざけた理由は、今日一緒にいた女が原因だ。――彼女は青柳美和子といって、俺の義理の母親に当たる」

「義理の……お母さん？」

後ろ姿しか見ていないが、そんな年齢には見えなかった。そんな一乃の疑問が伝わったのか、奏佑が頷いて説明した。

「俺より十四歳年上だから、今は四十四歳かな。小学校三年のときに両親が離婚して、俺は親父に引き取られたんだけど、六年生のときに再婚した。その相手が彼女だ」

奏佑いわく、当時二十六歳と若かった美和子は、当初義理の息子にまったく関心を示さなかったらしい。会社経営者である夫の財産で贅沢《ぜいたく》な暮らしを満喫していたが、そんな彼女の興味の矛先が奏佑に向いたのは、中学二年のときだったという。

自宅に二人きりの夜に突然夜這《よば》いをかけられたこと、拒絶すると父に嘘の報告をされたことを聞いた一乃は、驚きに息をのんだ。

「そんな……お父さんは、奏佑さんを信じてくれなかったんですか？　実の息子なのに？」

「妻はまだ若いし、そんな彼女に思春期の息子が興味を持ったとしても不思議じゃないって考えていたみたいだ。俺は自分を信じてくれない父親と、中学生に平気で手を出そうとするあの女にうんざりして、高校から独り暮らしを始めた」

以来、十数年ものあいだ美和子とは接触を持たずにきたが、奏佑が雑誌に載っているのを見た彼女は、いきなり店にやって来たらしい。

男として彼を意識した美和子は毎日のように訪れるようになり、「自分を拒絶するなら、店の中で大騒ぎしてやる」と脅しをかけてきたという。

「あの女は、異常だ。義理の息子である俺を誘惑する時点で充分頭が沸いてるけど、もし一乃ちゃんの存在がばれた場合、危害を加えられる可能性があった。それを防ぐには、君と接触を持たず、店にも来ないように言うしかないと思った」

それを聞いた一乃は、奏佑が自分を遠ざけた理由にようやく合点がいく。

彼なりに一乃を守ろうとした結果が、あのメッセージだったのだ。詳細を語らなかったのは、おそらく心配をかけたくないという考えからだったに違いない。奏佑が言葉を続けた。

「でもあの女はどんどん図に乗って、毎日のように店に来ては常連みたいに振る舞うようになった。このままじゃずっと一乃ちゃんに会えないし、ストレスでどうにかなる。そう考えた俺は、一計を案じた」

――それは美和子を呼び出し、二人きりのシチュエーションで彼女のやってきたことを上手く喋らせるという作戦だった。

美和子の自白を録音した音声データ、そして動画さえあれば父に彼女の悪行を知らしめることができ、自身への付き纏いの抑止力になると彼は考えたらしい。

一乃が見たのは、ちょうど奏佑が美和子との会話を録音していた光景だった。わざとしおらしい態度を取って彼女をその気にさせ、馴れ馴れしく身を寄せてくるのにも耐えて、ようやく充分な証言が録音できたという。

「じゃあ、奏佑さんとあの人は……」

「男女の関係は、一切ない。むしろそんなことを想像するだけで、虫唾が走るレベルだ。

中学時代の彼女とのことがトラウマになって、俺はだいぶ恋愛観が歪んでしまった。〝女は平気で嘘をつく、利己的な生き物だ〟って考えて、誰かを本気で好きになることができずにいたんだ。その結果、この歳になるまで刹那的な交際を繰り返して、君も知ってのとおり相手を傷つけてしまうこともあった」

彼は「でも」と言って一乃に向き直り、真摯な眼差しで告げた。

「それを払拭してくれたのが、一乃ちゃんだ。君の素直さやふんわりした優しい雰囲気は、一緒にいて心が和む。傍にいると、日々尖《とが》らせている部分が丸くなるっていうか……『ホッとできるって、こういうことなんだな』って、よくわかるんだ。俺は高校時代から親と離れて生活して、今は毎日店の売り上げのことを考えたり、スタッフの生活がかかってる重荷を実感したり、肩肘張って生きてるのが日常なわけだけど、そういう中で君がいてくれると、上手く力を抜ける気がする」

「そ、そんな」

大それたことは何もしていないのにそんなふうに言われ、一乃は恐縮する。

一方で自分の心配が杞憂《きゆう》だったことに、深く安堵《あんど》していた。奏佑は出会った当初から変わらず、ずっと誠実でいてくれている。それがうれしくて目を潤ませながら見つめると、彼はこちらの髪に触れて言った。

「今後は絶対に疑われるような行動はしないし、何でも隠さず説明するって約束する。だからこれからも俺とつきあってくれる？」

「……はい」

「よかった」

奏佑が心からホッとした様子で、眦を緩める。

「うちのスタッフから『一乃ちゃんが外にいたみたいだ』って聞いたとき、本当に焦ったんだ。あんな女との仲を誤解されるなんて冗談じゃないし、でも俺の説明不足やこれまでの行動から、そう思われても仕方がないって落ち込んだりして。すぐに追いかけたけど、〝車で行ったほうが早い〟っていう発想が抜け落ちるくらい、動揺してた」

「奏佑さんが……？」

「そうだよ。ちゃんと恋愛をするのが初めてだから、全然上手く立ち回れていない。情けないけど」

苦笑いしながらそんなことを言われ、一乃の胸がきゅうっとする。腕を伸ばし、そっと彼の筋張った手を握ると、小さく言った。

「わたしは……そんな奏佑さんが好きです。言葉の端々でわたしのことを大切にしてくれてるって、ちゃんと伝わってきますから」

するとと奏佑は面映ゆそうに微笑み、一乃の身体を腕に抱き込んでくる。

細身に見えるのに思いのほかしっかりした彼の身体を感じ、胸がいっぱいになった。そんな一乃の頭上で、奏佑がひそやかに問いかけてくる。

「……今すぐ抱いていい？」

「えっ」

「もう何日も、一乃ちゃんに触れてない」

頬がじんわりと熱くなり、一乃は一瞬返す言葉に迷う。やがてしどろもどろに言った。

「でも、ここはお店ですし……」

彼がわずかに身体を離し、ニッコリ笑って言った。

「奥の事務所に、ソファがあるんだ。そこならいいだろ」

「よ、よくないです。職場でそんなことをするなんて」

必死に言い返す一乃の唇に、奏佑がちょんと触れるだけのキスをしてくる。そして間近で見つめ、ささやいた。

「会えなかった一週間分、抱きたい。――うんと優しくするから」

「……っ、……ぁ……っ……」

連れ込まれた事務所の中で、あえかな息遣いが響く。

室内にはデスクとパソコンが置かれ、壁面に設置された書架にはたくさんのファイルが収納されていた。そんな中、デスクの上の電灯だけを点けて革張りのソファの上で抱き寄せられ、一乃は奏佑に深いキスをされている。

ぬめる舌を絡め、喉奥まで探られるのが苦しいのに、ぬるぬるとした感触と蒸れた息を混ぜるのが淫靡《いんび》で拒否することができない。ようやく唇を離された頃にはすっかり目が潤み、息を乱していた。そんな様子を見つめ、彼が微笑んで言う。

「キスしかしてないのにそんな顔するの、可愛い」

「だって……奏佑さんが……」

一乃の上半身を抱き寄せた奏佑が、胸元に顔を埋めてくる。そしてわずかに顔を上げ、こちらを見上げて言った。

「あの男に、どこまでされた？」

「えっ……太ももと……胸を触られました。あとは首筋を舐《な》められて」

それを聞いた彼が、一瞬沈黙する。一乃がドキリとして見つめると、奏佑はその瞳に執着を滾《たぎ》らせてボソリとつぶやいた。

「だったら、俺が上書きしなきゃな」

「あっ……！」

カットソーをまくり上げた彼が、ブラ越しに胸の先端を嚙《か》んでくる。

緩慢な刺激にもどかしさを感じたのも束の間、奏佑はブラのカップを引き下ろし、直にそこに舌を這わせてきた。

「んんっ……」

濡《ぬ》れた舌が乳暈《にゅううん》をなぞり、頂を押し潰す。

やがて芯を持って硬くなったそこを吸い上げられ、一乃はじんとした愉悦を感じた。ときおり歯を立てられたり、少し強めに吸われると、痛みと紙一重の快感に息が乱れる。

両方の胸を嬲《なぶ》っていた奏佑が、一旦唇を離して言った。

「──脱がすよ」

カットソーを頭から抜かれ、ブラのホックも外される。

無防備になった上半身に羞恥をおぼえ、一乃は再び胸を嬲り始めた彼に向かって言った。

「そ、奏佑さん……」

「ん？」

「あの、電気消してください」

デスクの上のライトはかなり明るく、何もかもが見えてしまっている。しかし一乃の訴えを聞いた奏佑は、胸の尖りを舐めながら答えた。

「……今日は消したくない」

「……っ、そんな……っ……」

「一乃ちゃんの身体、見たいし」

彼は一乃の胸から顔を離し、片方の手でストッキングに包まれた太ももを撫で上げる。

そして首筋に唇を這わせながらささやいた。

「君の身体は俺しか知らないはずなのに、あんな男に触られるなんてな。本当に許せないし、腹立たしい」

「ぁっ……ごめんなさい……」

「一乃ちゃんに怒ってるんじゃないよ。怖い思いをしたのは、君なんだから」

奏佑が舌先でチロリと肌を舐め、一乃はゾクゾクとした感覚に息を乱す。彼は太ももを撫で上げ、下着越しに尻の丸みを握り込みつつ言葉を続けた。

「一乃ちゃんはこんなに可愛いから、心配になる。俺の見えないところで、変な奴に好かれそうで……素直でたやすく騙《だま》されそうだし」

「あっ……！」

下着の中に入り込んだ手が、花弁を探ってくる。

既に蜜口は潤んでいて、触れられるとかすかな水音が立った。恥ずかしさをおぼえた一乃は、奏佑の首にきつくしがみつく。ゆるゆると花弁を行き来した指が浅く入り口をくすぐり、次第にもどかしくなって腰が揺れた。

「うっ……んっ、……ぁ……っ……」

早く中への刺激が欲しいのに、彼はいつまで経っても指を挿れてこない。

焦れた一乃は伏せていた顔を上げ、自ら奏佑に口づけた。

「……んっ、ふ……っ……」

舌を差し入れ、緩やかに絡める。

彼が応えてきて、口づけは次第に熱を帯びた。そうするうちに待ち望んだ指が中に押し込まれ、一乃は喉奥で呻《うめ》く。奏佑の長い指が柔襞《やわひだ》を掻《か》き分け、奥へと進んだ。ぐっと最奥を押されると甘ったるい愉悦がこみ上げて、一乃はキスを解いて声を上げた。

「あ……っ」

「すごい、濡れてる……そんなに欲しかった？」

「あっ、あっ」

濡れた音を立てながら指を抽送され、隘路《あいろ》がどんどん潤んでいく。

指の本数を増やされてねじ込まれると、窮屈なのに快感があって肌が粟立《あわだ》った。しばらくそうして一乃を啼《な》かせた彼が、やがて指を引き抜く。そして先ほどデスクの引き出しから取り出していた財布を手に取った。

（あ、……）

彼がズボンを緩め、自身に避妊具を着けるあいだ、その腰を跨《また》いで膝立ちしている一乃はひどくいたたまれなかった。

やがて奏佑がストッキングと下着に手を掛け、脱がせてくる。スカートまで脱がせないのは、先ほど明るさを恥ずかしがっていた一乃への配慮らしい。彼はこちらの腰を引き寄せながらささやいた。

「――自分で挿れられる？」

「えっ？」

「一乃ちゃんが、自分で俺のを挿れるところを見たい」

言われた言葉を理解した瞬間、かあっと頬が紅潮し、羞恥で頭が煮えそうになった。

これまでは奏佑にされるばかりで、一乃が自分から何かすることはなかった。しかも事務所内はデスクの照明のせいで明るく、彼にすべて見られてしまう。

（……でも）

会えなかったあいだ、こうして触れ合いたかったのは、一乃も同じだ。

早く繋《つな》がりたい気持ちも強くあり、意を決した一乃は奏佑の肩につかまりながら後ろ手に屹立《きつりつ》の先端を蜜口にあてがう。そしてゆっくり腰を下ろした。

「んっ……ぅっ、……ん……っ……」

丸い先端がめり込み、硬い幹の部分がじわじわと中に入ってくる。

自分が上になる姿勢のせいか圧迫感が強く、隘路を拡げるその硬さと質量に息が上がった。肌がじんわりと汗ばみ、剛直の太さや表面に浮いた血管までも、まざまざと感じる。

根元まですべて受け入れると、彼が熱い息を吐いてつぶやいた。

「……っ、きつい。そんなに締めたら、すぐ達っちゃうよ」

「ぁっ……だって……っ……」

「こんな清純な顔して、自分で俺のを挿れちゃうんだもんな。……中もぬるぬるで、いやらしくて可愛い」

「あっ……！」

緩やかに腰をグラインドさせられ、柔襞を硬いものが擦る感触に、ゾクゾクとした愉悦がこみ上げる。

切っ先が奥を抉《えぐ》ると怖いほどの快感があって、中の潤みが増すのがわかった。奏佑の首にしがみついた途端、間近で目が合い、どちらからともなく口づける。舌を絡め合いながら蒸れた吐息を交ぜる行為は性感を煽《あお》り、律動のリズムで甘い声が出た。

「うっ……んっ、……あ……っ……は……っ……」

「……っ」

普段は涼やかな彼の目が、今は強い欲情をにじませている。

奏佑がこんな眼差しで見つめるのは自分だけだと思うと、胸がいっぱいになった。一乃は彼の目を見つめ、ささやいた。

「好き……奏佑さん」

「うん。……俺もだよ」

奏佑が一乃の身体を抱え、ソファに押し倒してくる。

屹立が入り込む角度が変わり、ずんと深いところを穿《うが》たれて、息が止まりそうになった。一乃はシェフコートを着たままの奏佑にしがみつき、次第に激しくなる動きに耐える。

やがて彼が一乃の両脚を自分の肩に引っ掛け、上体を倒してより深く腰を入れてきた。

「……っ、ぁ、深……っ……」

「濡れてるから、奥まで楽に挿入る。——ほら」

る。

「あっ……！」

奏佑のひそめた声が色っぽく、その顔もかすかに汗ばんでいる。

律動のたびに甘ったるい快感が身体の奥にわだかまっていき、彼が向けてくる熱を孕んだ眼差しでそれが助長される気がした。やがて奏佑が、一乃を揺らしながら問いかけてくる。

「中、すごいビクビクしてる……達きそう？」

「……っ」

声もなく何度も頷くと、彼が笑って言った。

「──俺もう、限界」

「んぁっ……！」

果てを目指す激しい動きに翻弄され、一乃は嵐のような快感に我を忘れる。

事務所内に恥ずかしい嬌声《きょうせい》が響くが、声を止めることができない。じりじりと高まったものが一気に弾け、一乃は声を上げて達した。同時に奏佑もぐっと息を詰め、最奥で熱を放つ。

「あ……っ……」

「……っ」

薄い膜越しに吐精されるのを感じ、眩暈《めまい》がした。

心臓は早鐘のごとく脈打ち、身体がすっかり汗ばんでいる。まるで全力疾走したかのような疲労をおぼえて、一乃はぼんやり自分の上に覆い被さる彼を見つめた。息を乱した奏佑がこちらを見下ろし、乱れた髪を撫でてくる。そして小さく笑って言った。

「……やっぱりソファの上だと、狭かったな」

「そ、奏佑さんが、どうしてもここでするって言うから……」

「だって家まで待てなかったし」

後始末をした奏佑が、一乃の身体を抱き込んでソファに寝転がる。

彼が再び「狭い」とつぶやくのが聞こえ、一乃は思わず笑ってしまった。彼には窮屈かもしれないが、こうしてくっついていられるのは悪くない。

するとそれを見た奏佑が、しみじみと言った。

「……一乃ちゃんはさ、ずっとそうやって笑っててよ」

「えっ？」

「他に何もしてくれなくても、俺はそれだけで幸せになれるから」

彼の望むことがささやかすぎて、一乃は何ともいえない気持ちになる。だがふいに、「幸せとは、そういうものかもしれない」と考えた。

（わたしも奏佑さんが楽しそうにしてくれてるだけで、うれしい。……お互いに同じ気持ちなのって、すごく幸せだな）

自分たちのつきあいはまだ浅く、すべてを知り尽くすには至っていない。だがこれからの時間の積み重ねでそれを埋めていけると思うと、わくわくした。

一乃は顔を上げ、彼を見つめて言った。

「わたし、また奏佑さんと一緒にキッチンに立って、お菓子作りやお料理をしたいです。やっぱりプロの人の手際の良さとか、勉強になりますから」

それを聞いた奏佑が眉を上げ、笑顔になる。彼は一乃の髪を撫でて頷いた。

「いいね、俺も楽しみだ。――君が望むなら、何だって教えるから」


それから間もなく、森山は会社から商品を横領し、売り捌いて利益を得た罪で立件されることになった。

また、調査会社が調べた結果、森山が社内のパソコンからフリマサイトの管理画面にアクセスしていたことが判明した。

彼はペーパーカンパニーを設立し、バーチャルオフィスを所在地に出品者として登録していたらしい。そして営業部長という役職柄、在庫管理のファイルにアクセスする権限があるのを利用して、横領した商品の情報を消去し、棚卸しの際にも見つからないよう隠蔽工作をしていたという。万が一横領が発覚したとしても商品が発見されなければ立件できないと思い、恋人の由紀乃の自宅に隠すという周到さだった。

だが彼女が妹の一乃と暮らし始めてからは気軽に出入りできなくなり、近頃は「妹さんは独り暮らしをしたほうがいいんじゃないか」としつこく提案していたのだと由紀乃が言っていた。

（……お金って、怖いな。真面目で穏やかだった森山さんを、そんなふうに変えてしまうんだもん）

彼のしたことは会社への背任行為として認定され、今後懲戒免職になる見通しだという。

由紀乃は森山と二度と会わないつもりだといい、「あんな奴はとっとと忘れて、前向きに婚活したい」と語っていた。

『モラハラする人間と一緒にいたら、だんだん心が荒んでくるんだよね。情があって別られずにいたけど、今度は一緒にいて穏やかな気持ちになれる人とつきあえたらいいな。一乃と青柳さんみたいに』

一方の奏佑は、音声データと動画を手に父親の宏史と会い、義母の美和子の迷惑行為についての報告した。

録音した会話の中にはかつて中学生だった彼に対して美和子が性的関係を迫ったこと、そして手酷く拒絶されたのが悔しくて夫に嘘の報告をしたと認める発言があり、それについても話し合ったらしい。

その結果、宏史は奏佑に深く頭を下げてきたという。

『――中学生だったお前の言うことを信じず、一方的に美和子の肩を持つような真似をして、悪かった。実は年月が経つうちに彼女の奔放な振る舞いや、常識はずれな発言が目につくようになって、「もしかしたら、奏佑の言うことのほうが正しかったのかもしれない」

と思うようになっていたんだ。しかしその頃にはお前は完全に私に心を閉ざしていて、まったく取り付く島がなかった』

彼は一人息子を信じてやれなかった後悔をずっと抱えて生きてきたというが、関係を修復する糸口がつかめなかったのだと語った。

近年は奔放で浪費家な美和子にすっかり辟易《へきえき》し、離婚も真剣に考えていたが、その話をするたびに彼女は泣き喚いて手が付けられなくなるか、法外な慰謝料を請求すると息巻き、膠着《こうちゃく》状態だったという。

『でも過去だけでは飽き足らず、この期に及んでも義理の息子であるお前に言い寄っていたのなら、もう容赦はしない。これまで集めてきた証拠を使って、美和子とは離婚するよ。そして使い込んだ共有財産の返還や不貞の慰謝料などを請求して、身ぐるみ剥いでやるつもりだ』

父に「迷惑をかけて、本当にすまない」と頭を下げられた奏佑は、彼の謝罪を受け入れた。長く隔たっていた関係はすぐには修復できないものの、「歩み寄るきっかけにはなったかな」と話していて、一乃はホッとしていた。

（奏佑さんがお父さんとの仲直りに前向きになれて、本当によかった。血が繋がってるんだし、いがみ合うより円満な関係が築けるなら、そっちのほうがいいもんね）

美和子は音声データを証拠としてその悪業を暴露され、宏史から離婚を申し渡されたらしい。

必死で「こんなのは捏造」「自分は嵌められただけ」と訴えたというが、泣き落としはまったく通じず、激昂《げきこう》した彼女は奏佑の店に来て暴れてショーケースを破損したため、法的措置を取られることになった。

その後は何とか夫との離婚を回避しようと必死らしく、店には来ていない。とりあえずは平和になって、近頃の奏佑は穏やかだ。

一乃を甘やかすことにも拍車がかかり、店を訪れると毎回腕によりをかけたデセールを出してくる。シェフコートを着た彼が、目の前に皿を置いて言った。

「お待たせ。今日のデセールは、ミルフィーユショコラの洋梨の白ワイン煮添え、レモンのセミフレッド、ベラベッカ、葡萄《ぶどう》と紅茶のジュレ。ミルフィーユはパイのサクサクの食感とクレームショコラの濃厚さが愉しめるし、レモンのセミフレッドはアイスクリームほど重くない食感と酸っぱさで、口がさっぱりする。ベラベッカは、クリスマスまでの限定商品だよ。どうぞ」

いつも以上に華やかな盛りつけを前に、一乃は一瞬沈黙する。

衝立で他の客から見えないのをいいことに、向かいの席に座った恋人を見つめ、遠慮がちに言った。

「……奏佑さん、奏佑さんが作るものは本当に素敵ですし、美味しいのはよくわかってるんですけど」

「ん？」

「毎回こんなにすごいものを出されたら、わたしは太っちゃいます。だから『どれか一種類だけにしてください』って、さっき言ったのに」

一乃から抗議を受けた奏佑が、眉を上げる。そして事も無げに答えた。

「でも、君に食べさせるために仕込んだものだしな。いつもメニューの組み立てを考えるときに、『一乃ちゃんは、どんなものが好きだろう』って考えるんだ。今回は、サクサクのパイとか好きそうだな、洋梨の香りもいいって前に言ってたな、ああ酸っぱいものも好きだっけ、ジュレのつるんとした感じもあったら完璧だなーって連想ゲームみたいに考えるうちに、こうなった。だから君に食べてもらわないと」

彼は軽い調子で言うが、最近顔の輪郭が丸くなったような気がしている一乃にとっては、由々しき問題だ。

しかし奏佑の気遣いはうれしく、目の前の皿の中身がどれも美味しそうなことが、ひどく悩ましい。そんな内心の葛藤が伝わったのか、彼が噴き出して言った。

「どんな一乃ちゃんでも可愛いから、ちょっとくらい太るのは気にしなくていいよ」

「わ、わたしが気にするんです！」

そんなやり取りをしていると、衝立の向こうから谷本がひょいと顔を出す。

「お邪魔してすみません。青柳さん、お電話が入ってます」

「ああ、今行きます」

立ち上がった奏佑が身を屈め、一乃の目元に自然なしぐさでキスをする。

思わず頬を染めると、彼は王子めいた端整な顔に魅惑的な微笑みを浮かべて言った。

「あとでね」

「は、はい」

奏佑が立ち去ったあと、一乃は気恥ずかしさを持て余し、小さく息をつく。

彼はこちらを甘やかすのを楽しんでいるが、うかうかしていたら子豚のように丸くなってしまうかもしれない。そうならないためには、自己管理が必要だ。

（上手い断り文句を考えなきゃ。でも、奏佑さんのあの笑顔に勝つのは難しいな）

目下の悩みがこんな内容なのは、きっと贅沢なことなのだろう。

小さく息をついた一乃は、カトラリーを手に取る。そしてミルフィーユショコラを一口食べ、幸せな気持ちで微笑みを浮かべた。

番外編　プロポーズは、甘いデセールと共に

年末年始のパティスリーは忙しく、開けている店が多い。〝Boite a bijoux secret《ボワットアビジューセクレ》〟も、大晦日《おおみそか》から一月三日は夕方五時までの時短営業だ。

四日と五日は通常通りの営業で、六日から九日は四連休というスケジュールになっている。普通のお正月を過ごせない恋人を、一乃は心配していた。

（クリスマスシーズンからずっと忙しくて、お正月もなんて。パティシエって、本当に大変だな）

オーナーパティシエである奏佑はいつも朝五時半に出勤していて、七時の閉店後も何かしら仕事をしており、毎日が激務といってよかった。しかも東京に二号店を出すことが決定し、今は三月のオープンに向けての準備で大忙しだ。

寒さの厳しい一月の初旬、会社帰りの一乃はバスから降り、ため息をついた。

（奏佑さん、今日も帰りが遅いのかな。……遅いんだろうな）

交際を始めて一年と二ヵ月余りが経つ今、一乃は彼のマンションで一緒に暮らしている。

そのきっかけとなったのは、同居していた姉の由紀乃に新しい恋人ができたことだ。去

年の夏、ちょうどアパートの更新時期に姉から「彼と一緒に暮らしたいと思ってる」と同居の解消を打診された一乃は、当初自分で新しく部屋を借りるつもりでいた。

しかしそれを聞いた奏佑が、「じゃあ、うちにおいでよ。一乃ちゃん、俺と一緒に暮らそう」と言い出し、トントン拍子で同居することになった。

それから約半年が経つが、二人の暮らしは至って平穏だ。彼は一乃が朝起きる前に出勤してしまうが、夜は一緒に過ごせる。休みの日に二人で料理やお菓子を作ったり、買い物に出掛けたりといった何気ない日常が、一乃にとっては幸せだった。

（でも……）

二号店のオープンが決定した去年の秋以降、奏佑の忙しさは格段に増した。

普段からオーナーパティシエとして采配を振るい、季節ごとの商品を考えて、催事の打ち合わせや取材対応までこなしているのに、最近は新店舗の工事の視察や新しいスタッフの面接のために月に何度も飛行機で東京に行っていて、息つく暇がない。

帰宅時間も遅くなり、一乃が眠ったあとに帰ってきて、起きないうちにまた出勤していることも珍しくなかった。

（奏佑さんにとって今が一番大事なときなんだろうし、忙しいのも仕方ないのかもしれないけど。……身体が心配だな）

彼は顔を合わせればいつも優しく、一乃に対して疲れを見せることはない。

出会ってから奏佑は一貫して甘い男で、そのイメージは今もまったく変わらなかった。

そんな彼を一乃は心から愛し、同じだけの愛情を返したいと考えているが、現状は何もできておらず、もどかしさだけが募る。

奏佑は明日から、四日間の正月休みだ。身体を休めるには絶好の機会で、なるべく彼の邪魔にならないよう、できるだけのことをしようと一乃は決意する。

（まずは帰りにスーパーに寄って、食材を買わなきゃ。それからリビングのクッションカバーとベッドのリネンを替えて、寝る前にバスルームや台所もピカピカにしよう）

疲れて帰ってくる奏佑を、きれいな部屋で迎えたい。

このあとの段取りをあれこれと考えつつ、一乃は意気揚々とスーパーに足を踏み入れた。

*　　　*　　　*

円山にある店舗から大通にある自宅マンションまでは、車で十五分ほどで着く。

午後十一時半に店の施錠をして外に出ると、しんと冷えた冬の冷気が全身を包み込んだ。車に乗り込んでエンジンをかけ、緩やかに走り出しながら、奏佑は小さく息をつく。

（もうこんな時間か。俺は明日から休みだけど、一乃ちゃんは仕事だし、きっと寝てるだろうな……）

ここ最近の奏佑は、東京に二号店をオープンするために多忙を極めている。

昨年の秋に事業計画を立ち上げ、資金調達と物件契約、設計と施工と、順調に進んできた。今は内装工事をする傍ら、厨房《ちゅうぼう》機器と包材、備品、原材料の確保や、スタッフの採用面接を並行して行っている。

こちらにある店舗を運営しながらのため、時間はいくらあっても足りない。おかげで連日帰りが遅くなり、頻繁に東京とこちらを行き来したりと、まったく余裕がなかった。

（もしこれで一緒に住んでなかったら、一乃ちゃんと会う時間を全然取れなかっただろうな。つくづく同棲《どうせい》しててよかった）

以前ならこんな時間に仕事が終わればそのまま店に泊まっていたが、今は必ず自宅に帰る。それはつきあって一年余りになる恋人の顔を見たいからで、そんな自分に奏佑は感慨深い気持ちになった。

（俺が誰か一人に、こんなにも執着するなんて。変われば変わるもんだ）

一乃との出会いによって、奏佑は恋愛観がガラリと変わった。最愛の恋人である彼女をできるかぎり甘やかしたいと考えているものの、今は殺人的に忙しく、なかなか二人の時間が取れていない。

だが明日から自分は、四日間の休みだ。この休みのあいだ、奏佑はこれまでの埋め合わせをしようと心に決めていた。

マンションの駐車場に車を乗り入れ、エレベーターに向かう。自宅の鍵を開け、音を立てないように中に入ると、リビングはひとつだけ間接照明が点けられていた。テーブルの上には深めの器に盛られたスープと俵おにぎりがラップをして置かれており、メモが添えられている。

『お仕事お疲れさまです。今日のお夜食は、鶏団子と白菜の生姜《しょうが》とろみスープとおにぎりです。おやすみなさい』

きれいな書き文字には一乃の人柄が溢《あふ》れていて、奏佑は思わず微笑む。

早速レンジで温めて食べ、シャワーを浴びたが、台所もバスルームもピカピカに磨き上げられていて、居心地よく整えてくれているのがわかった。

（一乃ちゃんのこういう気遣い、すごくうれしいし、ホッとするな。一緒に暮らし始めてから、いつもこうして俺がくつろげるように考えてくれてる）

彼女は激務の奏佑のために毎晩夜食を用意するばかりか、家のあちこちに小さな花を飾ったり、クッションカバーをこまめに替えたりと、細かなことに気を配っている。

寝室に行くと、ダブルベッドの片側で一乃が穏やかな寝息を立てていた。顔を見れば触れたい気持ちが募るが、彼女は明日仕事のため、疲れさせるわけにはいかない。

（……例のあれ、喜んでくれるかな）

明日はサプライズを予定していて、一乃の反応を予想し、心が躍る。

奏佑はベッドを軋《きし》ませながらそっと隣に横たわり、彼女の髪にキスをしてささやいた。

「――おやすみ、一乃ちゃん」

翌朝、五時半に起きた奏佑は一人台所に立ち、一乃に心尽くしの朝食と弁当を作った。

仕事である彼女を笑顔で送り出し、昼間に少し事務仕事をしたあと、あれこれとサプライズの準備をする。そして午後五時半に帰宅した一乃に、「とっておきのお菓子があるから、夕食の前にお茶をしない？」と誘った。

「とっておきのお菓子、ですか？」

「うん。ガレット・デ・ロワを作ったんだ」

ガレット・デ・ロワはフランスの伝統菓子で、キリスト教の公現祭《エピファニー》の日、すなわち一月六日に食べられている。

このお菓子の楽しみといえば何といっても〝フェーブ〟で、中に陶器製の可愛らしいミニチュアを入れ、それを引き当てた人は王さま、もしくは女王さまとして振る舞うことができるというルールだ。一乃が興味深そうに言った。

「名前は知ってますけど、今まで食べたことはないです」

「そっか。普通はパイ生地の中にアーモンドクリームを入れるんだけど、今回はショコラ風味の特製ガレット・デ・ロワにしたんだ。ガナッシュを加えた濃厚なショコラクレーム・ダマンドに、甘酸っぱいフランボワーズジャムを合わせた」

「すごい、ショコラティエらしいレシピですね。美味しそう」

彼女が温かい紅茶を淹《い》れる傍ら、奏佑はガレット・デ・ロワを切り分ける。

銀紙で作った王冠を用意して食べ始めると、一乃は一口目でパッと目を輝かせ、「美味しい」と笑顔になった。

（……可愛いな）

彼女はフェーブが出てくることを期待してワクワクした顔で食べ進めていたが、半分ほどまできたところで、ふいに奏佑の皿にコロリと小さな家の形をしたフェーブが転がる。

「あ」

「奏佑さんでしたね……」

一乃があからさまにがっかりした顔をし、それを見た奏佑は思わず噴き出す。

「一乃ちゃん、やっぱりフェーブを引き当てたかった？」

「はい。せっかく当たりが入ってるなら、引き当ててみたかったです」

「そっか。でも、ルールはルールだからな。ほら、俺の頭に王冠を載っけて」

彼女が渋々こちらの頭に銀色の王冠を被せ、奏佑は微笑んで言った。

「じゃあ王さまとして、早速君に要求させてもらおう。――Je veux etre avec toi pour toujours. Marions-nous」

「えっ？」

突然のフランス語にきょとんとする一乃に、奏佑は日本語で同じことを告げた。

「俺とずっと一緒にいてほしい。結婚しよう――って言ったんだよ」

彼女は思いがけない言葉を聞いたように呆然《ぼうぜん》とし、次いでじわじわと赤くなる。そして小さく問いかけてきた。

「あの、冗談じゃなく、本気で……ですか？」

「もちろん、冗談でこんなことは言わない。実は少し前から考えてたんだ。店で半月前からガレット・デ・ロワを出してて、『一乃ちゃんと食べるとき、俺が王さまになってプロポーズするのはどうだろう』って」

「でも、わたしがフェーブを引き当てる可能性もあったわけですよね？」

「そのときは、女王さまに跪《ひざまず》いてお願いするつもりだったよ。Je ne peux pas vivre sans toi.S'il vous plait etre ma femme――あなたなしでは生きられない、どうか僕の妻になってくださいってね」

その光景を想像したのか、一乃が頬を赤らめ、フォークを置いて躊躇《ためら》いがちに言う。

「わたしでいいんですか？　最近、奏佑さんのお仕事が忙しいのに何もできていないことが、ずっと気にかかっていて」

「何もできてないなんてことないよ。一乃ちゃんは毎日身体を気遣った夜食を作ってくれたり、家の中を常にピカピカに磨き上げてくれたり、さりげなく花を飾ったりしてくれてるだろ？　すごく居心地よくしてくれていて、君の存在自体が俺の癒しになってるんだ。どんなに疲れていても、一乃ちゃんの顔を見ればふっと気持ちが緩むし、俺が作ったデセールを食べたときの笑顔も毎回『可愛いな』って思う。そんな君と、俺はずっと一緒にいたい。この先の人生を共にできたら、間違いなく死ぬまで幸せだって確信できるから」

奏佑の言葉を聞いた彼女の目が、じわじわと潤んでいく。

それを微笑んで見つめ、奏佑は一乃の手を握って問いかけた。

「それで、返事は？」

彼女は胸がいっぱいで言葉にならないという表情だったが、やがて小さく答える。

「はい。わたしでよければ――どうぞよろしくお願いします」


「……ぁ……っ」

薄暗い寝室に、あえかな声が響く。

プロポーズを受け入れてもらえた直後、奏佑は一乃を寝室に引っ張り込んだ。触れた瞬間、この十日ほど彼女を抱いていなかった飢餓感がにわかにこみ上げて、奏佑は一乃の身体を執拗《しつよう》に貪る。

さんざん啼《な》かせ、感じすぎた彼女がぐったりしたところで、ようやく中に押し入った。

「んん……っ」

一乃がぎゅっと眉を寄せるのを見た奏佑は、彼女に問いかけた。

「ごめん、苦しい？」

「平気、です……でも、いつもより何だか……ぁっ……！」

「そりゃあ、プロポーズを受け入れてもらえたんだから、うれしくて興奮もするよ」

隘路《あいろ》が屹立《きつりつ》をきゅうっと強く締めつけ、愛液の分泌が増して、彼女も感じているのがわかる。

汗ばんだ額に貼りついた髪や、甘い嬌声、快感に潤んだ瞳は普段の清楚《せいそ》さからは想像もできないほど色っぽく、奏佑を魅了してやまない。

やがて熱に浮かされたようなひとときが終わり、一乃の身体を抱き寄せた奏佑は、幸せな気持ちでその髪に顔を埋めた。

「入籍はすぐにでもできるけど、式は新店のオープンが終わってからだな。待たせることになっちゃってごめん」

「そんな、謝らないでください。奏佑さんは、今が大事なときなんですから」

彼女の小さな手を取った奏佑は、その左手の薬指にキスをする。そして悪戯っぽく問いかけた。

「一乃ちゃん、前に『男の人からもらう指輪は特別で、生半可な気持ちで受け取るわけにはいかない』って言ってただろ。俺はこの指に嵌《は》める指輪を買う資格がある？」

すると一乃は驚いたように目を見開き、噴き出して答える。

「はい、もちろん」

「じゃあ早速明日、二人で買いに行こう」

鈴を転がすような笑い声と花のような笑顔に、心からのいとおしさをおぼえる。

つられて微笑みを浮かべながら、奏佑は華奢《きゃしゃ》な身体を抱きしめ、これから一乃と共に歩く人生にじっと思いを馳《は》せた。

あとがき

こんにちは、もしくは初めまして、西條六花です。

蜜夢文庫さんで五冊目となるこの作品は、パブリッシングリンク　らぶドロップスより刊行された「ショコラティエのとろける誘惑　スイーツ王子の甘すぎる囁き」の文庫版になります。

今回のヒーロー・奏佑は王子めいた端正な容姿を持つショコラティエ、ヒロイン・一乃は田舎から出てきたばかりの純朴な女の子です。

パティシエを書くのは二度目なのですが（他社の作品で、今作にも少しだけ出てきます）、さまざまなショコラやスイーツを調べていると思わず涎が出そうなほどに眼福で、とても楽しく書くことができました。

個人的に気に入っているシーンは、奏佑が自宅に泊まった一乃の髪を動画を見ながら編み込みするエピソードです。お菓子作りと料理が得意、手先も器用なイケメンって最高じゃない？　と思いつつ書きました。

イラストは、whimhalooさまにお願いいたしました。以前からイラストを拝見しており、美しい絵柄に憧れを抱いていたので、今回お引き受けいただいてとてもうれしいです。

このあとがきを書いている段階ではまだラフしか拝見できていませんが、表紙とモノクロ挿絵が本当に素敵で……！　奏佑の王子めいた雰囲気と、一乃のピュアな可愛らしさをイメージそのままに表現してくださっているので、ぜひ本編と共にお楽しみください。

担当のKさまとNさま、相変わらず表記のブレがあって申し訳ありません。チェックしながら書いているつもりが、いつのまにかごちゃごちゃに……。以後気をつけます。

そして本作を手に取ってくださった方々、読んでくださる方々のおかげでまた本を出していただけました。いつもありがとうございます。

この作品が、皆さまのひとときの娯楽になれましたら幸いです。またどこかでお会いできますように。

西條六花

本書は、電子書籍レーベル「らぶドロップス」より発売された電子書籍『ショコラティエのとろける誘惑　スイーツ王子の甘すぎる囁き』を元に、加筆・修正したものです。

★著者・イラストレーターへのファンレターやプレゼントにつきまして★
著者・イラストレーターへのファンレターやプレゼントは、下記の住所にお送りください。いただいたお手紙やプレゼントは、できるだけ早く著作者にお送りしておりますが、状況によって時間が掛かる場合があります。生ものや賞味期限の短い食べ物をご送付いただきますと著者様にお届けできない場合がございますので、何卒ご理解ください。
送り先
〒160-0004　東京都新宿区四谷 3-14-1　UUR 四谷三丁目ビル２階
（株）パブリッシングリンク
蜜夢文庫 編集部
○○（著者・イラストレーターのお名前）様

ショコラティエのとろける誘惑
スイーツ王子の甘すぎる囁き

２０２１年９月２８日　初版第一刷発行

著…………西條六花
画…………whimhalooo
編集…………株式会社パブリッシングリンク
ブックデザイン…………おおの蛍
（ムシカゴグラフィクス）
本文ＤＴＰ…………ＩＤＲ

発行人…………後藤明信
発行…………株式会社竹書房
〒102-0075　東京都千代田区三番町８－１
三番町東急ビル６Ｆ
email：info@takeshobo.co.jp
http://www.takeshobo.co.jp
印刷・製本…………中央精版印刷株式会社